Una madre trabajadora

Una madre trabajadora

Agnes Owens

Traducción de Blanca Gago

MUÑECA INFINITA

Título original: *A Working Mother* (1994)

Primera edición en Muñeca Infinita: noviembre de 2025

Calle del Barco, 40, 3.º D ext.
28004 Madrid
editorial@munecainfinita.com
www.munecainfinita.com

Diseño de colección: Juan Pablo Cambariere
Diseño de cubierta: Odio Studio
Maquetación: Carmen Itamad
Edición y corrección: Esther Aizpuru

ISBN: 979-13-990746-3-5
Código BIC: FA
Impresión: Kadmos
Depósito legal: M-20483-2025

Impreso en España

La traducción de esta obra ha sido posible gracias a la ayuda de Publishing Scotland Translation Fund.

Publishing
Scotland
Foillseachadh Alba

1

—Tengo que encontrar trabajo —dije.

—Para librarte de mí, supongo —replicó mi marido.

—Tenemos deudas. Los niños necesitan ropa, además de que nos gusta comer.

—Haz lo que quieras. Estoy harto de tirar de todos vosotros.

—Estás harto de tirar de ti mismo.

Asintió. Diez años después de la guerra, aún parecía recién llegado del campo de batalla. Las ventanas de nuestra calle se llenaron entonces de banderas y banderines. Ayudé a pegar las letras de la pancarta, «Bienvenido a casa, Adam», y de inmediato me enamoré de su cara, bellísima y sufriente, cuando lo vi pasar bajo nuestra ventana.

«Un buen chaval», dijo mi padre.

«Parece...», empezó a decir mi madre.

«¿Parece qué?».

«De poco fiar».

Yo solo tenía ganas de salir corriendo y tocarlo.

«Quítate de la ventana, niña», dijo mi padre, y salió corriendo a la calle para estrecharle la mano.

Esa misma noche volvió del pub acompañado de Adam. Vinieron los dos borrachos, pero, borracho o sobrio, yo quería al héroe de guerra. Ahora, diez años después, lo que quería era escapar de él.

—Creo que voy a ir a la ciudad a buscar trabajo —dije—. Creo que podré encontrar algo sin buscar mucho. Sé escribir a máquina.

—Seguro que triunfas en cualquier oficina, con las medias llenas de carreras y las uñas negras.

—Es solo un poco de carbón —aclaré—. Puedo ser muy elegante cuando quiero.

—Bueno, pues vamos a celebrar lo de tu nuevo trabajo.

Al vaciar la cartera, descubrí que me llegaba para una botella de vino sudafricano, dulce y empalagoso pero tan agradable…

En una calle lúgubre cerca de los muelles descubrí una agencia de trabajo temporal a la que se accedía subiendo unas escaleras de madera destartaladas.

—¿Puedo ver al jefe? —le pregunté a la chica que estaba detrás de un mostrador donde ponía: «Consultas».

Le tembló la fina nariz.

—¿Quiere decir a la señora Rossi? —Asentí—. No sé. Puede que esté ocupada.

—¿Puedo volver más tarde?

Suspiró, dobló la esquina de una página de un libro de bolsillo y lo dejó en una repisa.

—Espere un momento —dijo.

Leí el título del revés: *El amor llegó demasiado tarde.* Cuando estaba dando la vuelta al ejemplar sin especial interés, volvió y me pilló.

—Ahora le atiende —dijo la chica agarrando el libro.

—Parece bueno —dije.

Ella se limitó a llevarme con un gesto brusco ante la presencia de la señora Rossi.

—¿Qué te gustaría hacer, querida? —me preguntó esta.

Me senté.

—Supongo que escribir a máquina. —Me pregunté si habría otras posibilidades.

—¿Tienes experiencia legal?

—En realidad no, pero…

—No importa.

Cuando sonrió, quedé fascinada por unos ojos que brillaban como dos abalorios negros en una cara redonda y olivácea. Garabateó algo en un papel y aprecié los relucientes anillos incrustados en cada uno de sus dedos regordetes.

—Aquí estarás muy bien. Son muy amables. Es un despacho de abogados. —Me tendió el papel con delicadeza—. Yo me llevo una comisión mínima —añadió.

—Qué bien. —Me entraron ganas de besarle la mano.

—Es para quince días. No puede salir mal.

Al salir, me tropecé con la chica con cara de hurón al otro lado de la puerta.

Localicé la firma, Chalmers y Stroud, en una calle llena de placas bien pulidas, cada una con su nombre. Me arrastré por las escaleras de mármol. Había decidido preguntar si necesitaban una limpiadora, pero me llevaron a una amplia sala y me sentaron a una mesa bien pulida antes de que pudiera abrir la boca. Entró un señor mayor con cara amable, me estrechó la mano y me dijo que estaba muy contento de que hubiera podido venir.

—No tengo experiencia en asuntos legales —dije en un arrebato de osadía.

—Estoy seguro de que se las arreglará.

—Llevo un tiempo sin escribir a máquina.

—Estoy seguro de que la mecanografía es como andar en bicicleta. Nunca se olvida.

—Supongo —dije mirando las estanterías repletas de gruesos volúmenes—. También sé taquigrafía —añadí.

—Qué maravilla. ¿No querría por casualidad un puesto permanente?

Tardé tanto en contestar que salió de la sala. Cerré los ojos para relajarme antes de volver a encontrarme con las escaleras de mármol, el autobús de vuelta a casa, el desdén de Adam ante mi fracaso. El señor regresó con una taza en la mano.

—No hay nada como un té —dijo.

—Gracias, señor…

—Robson.

Me bebí el té despacio mientras él rebuscaba en una carpeta.

—¿Ha terminado? —preguntó con consideración cuando ya me había bebido hasta los posos con los restos de azúcar.

Entonces procedió a dictarme una carta, pronunciando cada palabra con sumo cuidado, como en los dictados del colegio.

—He conseguido trabajo.

—Mejor para ti. Entonces, ¿ahora puedo renunciar a toda responsabilidad en esta casa?

—Y yo puedo ahorrar para el divorcio.

—Pues venga, vamos a celebrarlo —dijo Adam.

—¿Por dónde anda el señor Chalmers? —le pregunté al señor Robson.

—Casi siempre en los juzgados, atacando y defendiendo.

—¿Y el señor Stroud?

—En un lugar mucho mejor.

Me dictó durante un rato en el que apenas pude contener los bostezos y al final me dijo:

—Me gusta su traje.

—Mi marido dice que parezco Robin Hood. —Y cuando levantó una ceja, añadí—: Porque es verde y así como un poco alegre.

—Entonces, ¿tiene usted un matrimonio feliz?

—No.

—¿Cómo es eso?

—Quizá porque mi marido fue un héroe de guerra.

El señor Robson acercó su silla.

—Mi mujer murió. —Me puso un dedo sobre la mano—. Fue hace mucho tiempo, claro.

Descrucé las piernas y las coloqué debajo de la silla.

—Qué triste.

—Ya me he acostumbrado. —Carraspeó un poco y dijo—: El sexo opuesto no me importa, desde luego, pero me gusta escuchar sus problemas. Me hace sentir… —sonrió melancólico— joven.

—¿Qué te parece el viejo Robson? —me susurró una voz al oído cuando estaba concentrada en una palabra taquigrafiada de manera indescifrable.

Miré alrededor, sorprendida por que una de las mecanógrafas se hubiera dirigido a mí.

—Es un buen hombre.

—Está… —La dueña de la voz se llevó el dedo a la sien.

—¿Y no lo estamos todos? —Sonreí con timidez.

—¿Dónde vas a comer?

—Al sitio más barato.

La dueña de la voz se echó a reír. La cara se le veía muy pálida en contraste con el pelo corto y negro y las pestañas llenas de rímel, largas como patas de araña.

—Conozco todos los sitios baratos.

—Hoy he comido con una de las mecanógrafas —le conté a Adam.

—Espero que no te gastes el dinero en restaurantes caros.

—Solo pedí un trozo de pastel y unas alubias. Además…

—Sí, lo sé, ahora ganas dinero.

—¿Puedo echar un poco de salsa? —preguntó mi hijo Robert, de diez años, al que el pelo siempre le tapaba los ojos de un modo exasperante.

—No nos llega para salsas.

—¿Dónde vas? —grité a mi hija Rae, de ocho años, cuando se escurrió de la silla.

—A mear.

—¡No hables así!

Pero ya se había ido.

Adam picoteó malhumorado la morcilla mientras Robert se quejaba de lo mucho que odiaba las patatas chips sin salsa.

—Mi madre siempre se empeñaba en que las comidas debían ser un momento agradable y sereno en el que sentirnos unidos —dije.

—Tu madre era una imbécil —dijo Adam.

—Pues por lo que a ti respecta, tenía razón.

—A ver, suelta.

—Decía que cualquiera que hubiera estado en la guerra era un inútil, y los únicos que tenían agallas eran los objetores de conciencia. Había que echarle valor para defender esa causa.

—No sé de qué me hablas —dijo Adam mientras quitaba un trocito de papel crujiente de la morcilla—. En la guerra vi muchas agallas colgando de los árboles. Seguro que eran de alguien.

—No puedo seguir comiendo esta basura —gritó Robert, y salió corriendo por la puerta de atrás.

—No pasa nada, chiquilla —dijo Adam poniéndome la mano en el hombro—. Estás haciendo un buen trabajo.

—Nunca habría dicho que era usted una mujer casada y con hijos —dijo el señor Robson al acabar su concienzudo dictado.

—Sobre todo con tantos problemas. —Sonreí con desdén.

—Justo lo que imaginaba —dijo.

—No quiero hablar de ellos.

Me dio unas palmaditas en la rodilla.

—Un problema compartido es un problema medio resuelto.

—No con mi marido. —El señor Robson me miró expectante—. Él no entiende lo mucho que cuesta todo.

—¿Se refiere al dinero? —La boca se le quedó colgando.

—Básicamente.

—Con un contrato fijo ganaría más.

—Lo pensaré, pero... no es solo eso.

—¿Tiene que ver... —la voz del señor Robson sonó como un susurro— con la guerra?

—No puedo contárselo.

El señor Robson se puso rojo.

—Lo entiendo. A lo mejor... —dijo sacando la cartera— aceptaría un adelanto hasta que cobre.

—Ay, no, no podría —dije, y salí corriendo del despacho con el lápiz y el cuaderno.

—Esto es una mierda —dijo Adam.

—Esa boca..., ¿qué pasa?

—Que trabajas. El médico dijo que yo ya podía volver a trabajar. ¿Cómo voy a hacerlo si tú estás todo el día fuera? Alguien tiene que quedarse en casa para cuando los niños vuelven de la escuela.

—¿Te ha escrito otro informe?

—Sí, pero no quiero quedarme en casa para siempre.

Le besé la cabeza, justo donde le empezaba a nacer el pelo castaño, cada vez más fino.

—Tómatelo con calma. Aún tienes los nervios destrozados por los fuegos artificiales de cuando inauguraron el nuevo Ayuntamiento.

—No podía evitar pensar que era un tiroteo. Debí de quedarme dormido.

—No importa, el viernes por la noche celebraremos que ya habré cobrado. Podríamos ver a Brendan. Parece que le gusta nuestra compañía.

—Sí, lo cual es muy insólito —dijo Adam.

Más tarde, después de cenar, el predicador de la televisión dijo:

«La vida después de la muerte es algo que debemos contemplar muy en serio».

—Preferiría contemplar algo de vida antes de la muerte —dijo Adam. Y añadió echando un vistazo en mi dirección—: Últimamente no tenemos mucha por aquí.

—Chsss… —dije.

Estábamos sentados uno a cada extremo del sofá con un vaso de vino dulce en la mano. Los niños se habían acostado hacía tiempo entre violentas protestas.

«La muerte es algo natural e inevitable», dijo el predicador.

—Venga ya, apaga esa mierda —dijo Adam.

«Los caminos de Dios son insondables», dijo el predicador.

—Es profundo y pacífico. Me gusta —dije.

—Te voy a dar yo a ti algo profundo y pacífico si vienes a la cama.

—Más vale que no. Estoy agotada —dije.

—No estarás liada con alguien de esa maldita oficina.

—¿Con quién, con el señor Robson? —Solté una risita—. Si tiene sesenta años… como poco.

—Las calles de esta ciudad son muy duras, y las suelas de mis zapatos muy finas —le dije al señor Robson—. No sé si me durarán hasta el viernes.

—No podemos tolerarlo —dijo mientras alcanzaba la cartera.

—Es solo un préstamo… —empecé a decir.

—Desde luego. Ahora acerque la silla y cuénteme qué pasa con ese pobre marido suyo.

—Ya le he contado algunas experiencias que tuvo en la guerra.

—Sí, pero explíqueme cómo le han afectado.

—¿Quiere decir mentalmente?

Me dio unas palmaditas paternales en la rodilla.

—Quiero decir sexualmente.

Andar a toda prisa por las calles abarrotadas con Mai, la mecanógrafa morena de largas pestañas, era tan emocionante como humillante. Todos los hombres la miraban a ella, pero apenas reparaban en mí.

—¿Por qué miras a todo el mundo? —me preguntó.

—Me atraen las caras de la gente.

—¿Solo las caras?

—Siempre tengo la esperanza de ver alguna amable.

—Dios, eres la monda.

Mientras saboreábamos nuestro trozo de pastel de carne, Mai dijo:

—Ojalá encontrara a algún tío decente con un montón de pasta.

—Eso no existe —dije mirando por encima de su cabeza a un tipo de aspecto jovial con gafas de montura de carey. Me pareció que me miraba, pero no estaba segura.

—¿Quieres decir los tíos ricos y decentes?

—Quiero decir los tíos decentes.

El chico saludó con la mano. Desvié la mirada justo a tiempo. Una mujer apareció corriendo por detrás de mí en dirección a él.

—Bueno, entonces me saltaré lo de decente e iré a por el rico. —Señaló el tercer dedo de mi mano izquierda y añadió—: Ya veo que estás casada.

Asentí y conseguí tragar un trozo de corteza dura que se me clavaba en el fondo de la garganta.

—¿Qué te pasa? No pareces muy contenta.

—Hay cosas que pueden ser desoladoras —dije vagamente.

—Y que lo digas —replicó Mai. Tomó un sorbo de té y dejó una marca de pintalabios en el borde de la taza—. Una vez estuve a punto de casarme, pero el cabrón se echó atrás después de hacerme un bombo.

—Qué vergüenza. —Decidí que a partir de entonces solo pediría sopa.

—Bueno, tampoco es ninguna tragedia. Menos mal que mi tía me cuida al bebé.

—Con o sin marido, siempre es lo mismo. Yo tengo dos hijos y aquí estoy, trabajando.

—Estaríamos mejor en un kibutz —dijo Mai. Tenía las comisuras de los labios manchadas de salsa de tomate y parecía sangre. Me dio asco—. ¿Me puedo comer las patatas? —preguntó al verme dejar el tenedor y el cuchillo en la mesa—. Lo que te decía…, ¿a que Robson es un viejo muy raro y no se le escapa ni una? —dijo entre dos bocados.

—No es mal tipo.

—Me he dado cuenta de que te tiene mucho rato encerrada en su despacho, aunque acabas las cartas enseguida.

—Trabajo rápido —repliqué con un guiño.

Soltó una risa áspera.

—De verdad que eres la monda. Ya verás cuando lo diga en la oficina. Todas creen que eres una estirada.

A partir de entonces me volví popular y me incluyeron en las conversaciones. Aportaba muy poco, pero ese poco les parecía muy divertido a todas, y siempre hacía un guiño cuando el señor Robson me llamaba.

—Me parece que ahora les caigo bien a las mecanógrafas —le confesé al señor Robson.

—Y a quién no —dijo subiendo un poco más la mano por la falda.

—Parece que las cosas no nos van mal del todo —dijo Adam cuando saqué unos pepinillos en vinagre y jamón.

—Le he pedido dinero a una de las compañeras —expliqué—. Y he traído algo de beber para después.

Los niños se acercaron a mirar.

—¿Podemos?

—Sí sí, podéis, cuando hayáis terminado lo que tenéis en el plato.

—Mamá es la mejor, ¿a que sí? —dijo Adam.

Los pepinillos estaban amargos, pero tenían un color que, en contraste con el jamón y los tomates, quedaba muy bonito.

La lluvia me golpeaba la cara de camino a la parada de autobús. No tenía paraguas. Me apenaban los recuerdos de paraguas perdidos. Sobre todo de uno muy bonito. Era malva con flores azul oscuro, alguien lo había dejado en el tren y me bajé en la parada siguiente con el paraguas metido en la bolsa de la compra, antes de que nadie pudiera reclamarlo en Objetos Perdidos. Lo paseé muy orgullosa por todas partes bajo la lluvia durante mucho tiempo. Al final, lo perdí sin remedio. No sé dónde, pero lo lloré como a un amigo perdido.

—Estás empapada —me dijeron las mecanógrafas—. ¿No tienes paraguas?

—Me lo he dejado en el autobús —dije.

—Pasa mucho. Mira en Objetos Perdidos.

—Dudo que lo lleven allí. Hay muy poca gente honesta —dije.

—Y que lo digas —dijo Mai—. A mí una vez me lo mangaron antes de que pudiera pestañear. Y me costó bien caro.

La miré con aspereza y estornudé.

—Ya veo que está incubando un catarro —dijo el señor Robson.

—Llegué empapada esta mañana. He perdido el paraguas.

—Pobrecita —dijo el señor Robson con aire ausente—. Por cierto, tengo una reunión con el señor Chalmers en diez minutos, así que hay que darse prisa con la correspondencia —añadió.

—Por supuesto, señor Robson —dije—. Espero que el catarro no me obligue a quedarme en casa. Soy muy propensa a la bronquitis.

Me miró un pelín desconcertado.

2

Cuando nos casamos, Adam llevaba su traje de soldado desmovilizado. Mi madre me compró un abrigo de mangas acampanadas —se llamaba estilo princesa— y un sombrero de ala ancha con un lazo colgando por detrás, pero no vino a la boda. De hecho, no vino nadie, pero así lo queríamos nosotros.

—Vaya boda —dijo mi madre—. De tapadillo en el registro civil, y ni siquiera hay padrino ni dama de honor. Qué vergüenza.

—Dale un respiro a la chiquilla. Además, nos ahorra muchas molestias —dijo mi padre. Estaba sentado en el sillón leyendo el periódico con los pies en un taburete y los dedos apestándole por los agujeros de los calcetines.

—No le he dicho a nadie que se casa de lo avergonzada que estoy.

—Déjalo ya —dijo mi padre—. Al final nadie se acordará.

—Imagina que te casas con alguien recién salido de prisión.

—Solo estaba borracho —dije.

—¿Asaltó la oficina de correos y solo estaba borracho? —dijo mi madre.

—Es lógico que lo hiciera porque estaba borracho —dije—. Lo pillaron tirado en el suelo y lanzando el dinero por los aires.

—Estúpido cabrón —dijo mi padre con un resoplido—. La culpa la tiene la maldita guerra. Están todos chiflados.

—Y pensar que me he pasado la vida ahorrando para luego echarla en brazos del primer loco que pasa…

—Bueno, mamá, tengo que irme —dije—. ¿Qué tal estoy?

—Pareces un maldito regalo —dijo mi padre.

Mi madre se echó a llorar y me tendió un billete de cinco.

—Ha bajado un momento a por azúcar —dijo la madrastra de Adam, que lo odiaba. Se asomó a la ventana para contemplarme desde el segundo piso del bloque.

—Es que hoy nos casamos. Tenemos hora en el registro —grité.

—Ah, sí, creo que dijo algo de eso. No creo que tarde. —Cerró la ventana de golpe.

Esperé veinte minutos ante la puerta del edificio hasta que apareció.

—¿Y el azúcar? —pregunté.

Tenía la cara como marchita.

—¿Azúcar? He ido a cortarme el pelo. ¿Qué te ha dicho la vacaburra? En fin, no importa. Venga, que llegamos tarde.

—Tengo la impresión de que esto es algo muy raro —dijo la mujer a la que le pedimos por la calle que nos hiciera de testigo de boda.

—Sin duda es un honor —dijo el joven que la seguía muy de cerca.

—Es que no queríamos mucho lío —repliqué a modo de explicación.

—Su familia no me acepta —dijo Adam.

—Porque mi madre no se fía de los hombres que estuvieron en la guerra —expliqué.

La pareja nos estrechó la mano tras la breve ceremonia. Ambos esperaban que fuéramos muy felices.

—Nunca he sido tan feliz —dije en el trayecto de vuelta del autobús hacia la habitación donde vivíamos, que era del hermano de Adam. Según descubrí más tarde, él también lo odiaba—. ¿Tú también eres feliz? —le pregunté.

—No sé —dijo—. A veces me gustaría regresar.

—¿Adónde?

—Al Ejército. Supongo que era un infierno, pero al menos no era como esto.

Aplastada entre Adam y Brendan en el pub, me sentí muy feliz. Aunque intentaba ser imparcial, era más fácil acurrucarse entre las carnes de Brendan que entre los huesos de Adam.

—Dejadme que pague yo —dijo Brendan.

—Es mi ronda —dijo Adam.

—Pues os jodéis los dos porque, como he cobrado, soy yo la que pago —dije.

—Anda, tío, eres un mantenido. —Se rio Brendan.

Le di un billete a Adam y le pedí que trajera la bebida. Luego me alejé unos centímetros de Brendan para mantener las formas.

—Estás muy guapa —dijo.

—Será el alcohol.

—Qué va. Cada vez que te veo estás más guapa.

Me atusé el pelo entre risas.

—Es mi nuevo peinado. Por dentro soy el mismo tostón de siempre.

—Tú nunca eres un tostón —dijo Brendan con un leve jadeo.

Adam volvió con las bebidas. Estaba muy serio.

—Le decía a Betty que está muy guapa —dijo Brendan.

—Manos fuera.

Brendan abrió mucho los ojos, como si fueran a salírsele de su gorda cara.

—Perdona, tío, no sabía que tenía escolta.

—Muévete un poco, colega —dijo Adam—. Estás estrujando a mi mujer. Está inusualmente atractiva.

Brendan se encorvó sobre el banco.

—Deberías haberte traído un ligue —le dije.

—No voy a quedarme mucho rato.

—Vaya morros de repente —dijo Adam.

—Qué va —dijo Brendan abalanzándose sobre su vaso. Y se levantó con torpeza.

—Hombre, por Dios, no puedes irte de esa manera. Solo estaba de broma.

—No sé qué os pasa, pero si vais a poneros así, mejor me voy a casa —dije frotando el pie contra el de Brendan por debajo de la mesa.

Brendan se sentó.

—Tendría que haberme arreglado un poco —murmuró.

—Ir arreglado no le sienta bien, ¿a que no, Adam? —dije—. El desaliño y el desenfado son sus mayores atractivos.

—Además, no tiene otra cosa que ponerse —dijo Adam.

—No he venido aquí a que me insultéis —dijo Brendan entre risas mientras se iba hacia la barra a por otra ronda.

A la hora del cierre, los tres salimos del pub tambaleándonos. Adam iba el primero, muy tieso. La mano de Brendan me rozó la mejilla cuando me pasó el brazo por el hombro para abrir la puerta del pub.

—Me gustaría hacerte unas cuantas cosas —me susurró en la nuca.

Lo dejamos plantado en la acera, concentrado en su leve balanceo con las manos en los bolsillos.

—A veces es un puto plasta —dijo Adam.

—Bueno, al fin y al cabo es tu amigo —dije.

—Hay un tipo que me gusta —le dije al señor Robson—. Es un amigo de mi marido.

—¿Y su marido lo sabe? —preguntó el señor Robson.

—Se hace el celoso cuando estamos los tres, pero es solo paripé. No creo que lo sepa.

—Qué intrigante. ¿Y el tipo estuvo en la guerra?

—No. Por eso me gusta. Es más joven que Adam, pero bueno, de todas maneras creo que hay algo raro en él. —El señor Robson levantó las cejas—. Es un poco lento. No quiero decir retrasado, sino lento, pero aun así me atrae.

—¿Y ha pasado…?

—Oh, no, pero cuando me dijo que le gustaría hacerme unas cuantas cosas, me sentí atraída.

—No será peligroso, ¿verdad?

—¿Peligroso Brendan? Qué va, tiene un carácter muy dulce. A ver, es un poco basto, pero tiene unos ojos azules muy expresivos.

El señor Robson frunció el ceño.

—Yo si fuera usted no le entraría al trapo.

—Pero si no he hecho nada. Es Adam el que lo provoca.

—¿Cómo va el catarro? —preguntó el señor Robson.

—¿El catarro? Por suerte, al final no fue nada. —Me saqué unos billetes del bolsillo de la falda—. Aquí tiene lo que le debo.

Cerró la mano arrugada dentro de la mía, que aún tenía el dinero.

—Considérelo un regalo. Es usted una buena persona y muy dulce, distinta de las demás, me atrevería a decir.

Tras dictar unas cuantas cartas, me dijo que estaba orgulloso de ser el destinatario de mis confidencias, pues estaba escribiendo un libro sobre la conducta humana en los animales, y ¿qué tal si me animaba a tomar el té con él en su chalé adosado el próximo domingo?

—Yo de ti no iría —dijo Mai en la cafetería a la hora de comer.

—Pero si es inofensivo —dije.

—Es un viejo cabrón asqueroso.

Me incliné sobre el plato de sopa. Mai me apuntó con el cuchillo.

—No lo entiendo. No es normal que te invite a su…

—Es muy sencillo —interrumpí—. Está escribiendo un libro y quiere que le mecanografíe unas cosas.

—Sí, seguro... —Me echó una mirada entre lujuriosa y malvada.

Acercó tanto la cara que me sentí incómoda. Podía verle los puntos negros de la nariz.

—Comes demasiada grasa —dije.

—¿Y qué? ¿Qué tiene eso que ver con lo que estamos hablando? Te voy a decir una cosa —dijo entrecerrando los ojos—. Tiene montones de dinero.

—Pues qué bien. —Me eché hacia atrás, sudando por el vaho de la sopa.

—Ganó un dineral en la firma hace unos años. Debería haberse jubilado, pero le gusta venir a fisgonear.

—Pues lo que haga es asunto de la firma. —Cerré los ojos abrumada por el vapor.

—Dicen que tiene algún lío con el señor Chalmers. Si no, ¿por qué sigue ahí?

—Hasta donde yo sé, el señor Robson es un hombre mayor y muy amable, y si va a pagarme porque le pase a máquina unas cosas, eso es lo único que me interesa.

—Tienes razón —dijo Mai, y cerró la boca.

Al cabo de un minuto volvió a abrirla.

—Estoy harta de este restaurante. Es muy aburrido.

La señora Rossi me llamó por teléfono al despacho de las mecanógrafas.

—¿Cómo va el trabajo?

—Me encanta —respondí.

—¿Y el señor Robson?

—Es muy amable.

—Qué maravilla —ronroneó.

—Creo que se quedarán conmigo, pero no estoy segura.

—Si llegas a un acuerdo, ven a verme —dijo.

La palabra «acuerdo» se me quedó flotando en la cabeza como un olorcillo a flor de naranja.

El sábado estuvo todo el día lloviendo a mares, una lluvia torrencial y sin tregua, y por la tarde el cielo no se despejó ni un momento para darme la excusa de salir a pasear, por si Adam me preguntaba adónde iba. Brendan y yo habíamos quedado en la linde del bosque, una caminata de veinte minutos desde la puerta trasera de nuestra casa. Con Brendan nunca había certezas, y con esa lluvia imparable seguro que no aparecería, pero a pesar de todo me sentí obligada a hacer el esfuerzo, como una tonta enamorada. Adam se fue a la cama pronto porque estaba hecho polvo después de su juerga del viernes por la noche, lo cual era de agradecer. Me puse un viejo impermeable que me calaría igual que cualquier otro abrigo, pero al menos quedaba muy aparente.

—¿Vas a salir con este tiempo? —me preguntó cuando me asomé a la habitación para ver cómo estaba.

—Necesito que me dé un poco el aire. Después de tanta cocina, estoy que trino.

—Suerte —dijo reclinándose sobre la almohada y contemplándome a través de un libro de la biblioteca.

—¿Quieres venirte? —pregunté, segura de que no había ninguna posibilidad de que aceptara el ofrecimiento.

—Solo los tontos o los enamorados salen en una noche así.

Aunque no me quitaba los ojos de encima, no vi ni rastro de suspicacia.

—No tardaré mucho —le aseguré horrorizada para mis adentros por estar engañando a ese hombre al que amaba y odiaba con la misma intensidad.

Esa noche podría haberlo amado, pero amaba a Brendan mucho más. En ese momento me pareció que la culpa no tiene por qué volvernos cobardes a todos.

Podía ver el camino a una buena distancia mientras me acercaba al sitio donde Brendan había quedado en esperarme bajo los árboles, aunque la lluvia que se me metía en los ojos me empañaba un poco la visión. Sabía que no estaría. Me vi tropezando entre la hierba empapada del bosque, donde no dejaba de gotear la lluvia, con dos trozos de pastel y una botella de vino en la bolsa, pero al llegar al árbol Brendan salió por detrás y me abrazó.

—Menos mal que has venido —dijo—. No tenía ninguna esperanza de verte en una noche como esta. —Me quitó el agua que me corría por las mejillas en regueros como lágrimas y añadió—: Debes de estar loca.

De la mano, nos abrimos paso entre la hierba esponjosa hasta que encontramos un claro entre arbustos menos empapado que el resto. Me quité el impermeable —él no llevaba— y lo extendí en el suelo. Luego él se quitó el jersey, tan áspero como si fuera de lana de acero, y lo enrolló a modo de almohada.

—Vas a coger frío —dije.

—Ya lo he cogido.

Hicimos el amor febrilmente, sin gran satisfacción sexual por mi parte, pero al menos me complací en hacerlo feliz.

Después le tendí un trozo de pastel y el vino. Mientras comíamos y nos pasábamos la botella, la lluvia amainó y se convirtió en llovizna, pero nosotros seguíamos temblando en el suelo mojado. Me pregunté si de verdad amaba a ese hombre, un obrero en paro que no tenía nada. Era guapo con aires de matón, pero yo los había visto más guapos —Adam, por ejemplo pero claro, lo de Adam era una vieja y complicada historia—.

—Me pregunto por qué te quiero —le dije a Brendan.

—Vete a saber —respondió limpiándose la boca con el dorso de la mano después de acabar el pastel.

Se quitó la cadena con la cruz del cuello para meterla en el jersey enrollado. La misma que me había estado incordiando todo el rato mientras él estaba encima de mí.

—Algún día te saldrá una úlcera —dije.

—¿Y a quién le importa el futuro? Lo que cuenta es el ahora.

Asentí. Quizá era su libertad lo que envidiaba. Cuando estaba a punto de decirle que lo mejor era no volver a vernos, me preguntó:

—¿Cómo está el chaval?

—Bien —repliqué enfadada e insultada por la pregunta—. ¿A qué viene eso?

Se encogió de hombros.

—Cargo de conciencia, quizá.

Solté un silbido burlón.

—Ah, entonces tu conciencia protesta después, pero nunca antes.

No contestó, pero alargó la mano hacia la botella.

—En realidad no me quieres. Solo me usas. —Volvía a caer en la vieja trampa justo cuando empezaba a sentir que me desataba de ella.

Él me agarró del brazo e hice un gesto de dolor.

—Te quiero, te quiero, lo dejaré grabado y te lo mandaré para que, cuando esté muerto y enterrado, puedas escucharlo una y otra vez, si eso es lo que quieres oír. —Me miró con tristeza y me alegré de haberle arrancado esas palabras. Luego añadió—: Pero a veces el amor no tiene nada que ver con eso.

Rebusqué bajo el jersey hasta sacar la cruz.

—¿Y con esto sí? Supongo que se trata de alguna superstición pagana.

Se echó atrás como si lo hubiera abofeteado.

—No creo.

Le quité la botella con suavidad, satisfecha por haberlo herido. Bebí un trago de vino y entendí lo que Adam quiso decir una vez cuando afirmó que sabía tan bien como el chocolate. El sol brilló un instante a través de los árboles y luego se desvaneció.

Brendan soltó un gemido.

—No me digas que ahora se pone a clarear después de haberme condenado a la tumba en medio de todo este barro.

—Así hace las cosas tu adorado Dios. Enséñale lo que pasa cuando ya es demasiado tarde.

Sonrió.

—Más vale tarde que nunca. Al menos me moriré haciéndote feliz.

—Sí, claro —repliqué—. Solo haces el amor conmigo porque tienes un corazón muy grande.

—Al final conseguirás que te pegue —dijo agarrándome la muñeca con fuerza.

Entonces deseé que me pegara para tener más poder sobre él.

—Hablas como si estar conmigo fuera como estar en el infierno.

—La mayoría de las veces es justo eso —dijo.

—Bueno, yo de ti no me preocuparía mucho. Siempre puedes confesarte antes de volver a vernos.

Quizá había ido demasiado lejos.

—¿Qué te hace pensar que volveremos a vernos? —preguntó con frialdad mientras se levantaba.

Cuando me tocó levantarme a mí, me ayudó con el impermeable empapado y hecho un higo. Encontré un pañuelo húmedo en el bolsillo y le quité las hojas y el barro del horripilante jersey y luego él me limpió el impermeable. Volvimos de la mano al lugar de la despedida. Nos miramos con tristeza.

—Seguro que nos vemos por ahí —dijo.

Forcé una sonrisa.

—Ya sabes que es imposible escapar de mí.

Regresé corriendo por el camino embarrado preguntándome si acabaría en manos de algún maníaco saliéndome al acecho y pensando resentida que, de amarme de verdad, Brendan nunca me habría dejado volver sola por aquel siniestro camino.

—Le decía que, por el momento, eso es todo.

El arrullo de voz del señor Robson me devolvió a la realidad, y me di cuenta de la escasa atención que había prestado a sus diez minutos de dictado.

—Tenga cuidado con ese informe. Es para la sede central —añadió sombrío.

—Por supuesto, no se preocupe —respondí, pero pensaba para mis adentros: «Espera sentado».

3

Cuando estalló la guerra yo tenía trece años. Estaba de vacaciones con mis padres en la playa, en un pueblo turístico de lo más corriente. Lo único que me gustaba era la ventanita del techo abuhardillado de mi habitación. El resto era todo muy aburrido: los largos paseos con mis padres, los ratos sentada en la tumbona al lado de mis padres o viendo cómo mis padres jugaban a los bolos en la bolera reservada a los visitantes detrás del salón parroquial... Me enteré de la guerra por una conversación entre mi madre y la dueña del alojamiento mientras esta nos freía un poco de jamón para el desayuno. Luego, sentada en el váter, que estaba separado de la pequeña cocina por una pared muy fina, oí que mi madre le gritaba a mi padre. La radio estaba puesta y solo entonces dejé de aburrirme. Tiré de la cadena y me reuní con ellos enseguida.

—¿Nos van a matar a todos? —pregunté.

La dueña, que era ya una anciana y llevaba una gorra de hombre, se llevó el dedo a los labios mientras los tres seguían escuchando la voz sonora del locutor. Parecían asustados. Salí de la cocina y subí las escaleras hasta la habitación de mis padres. Cogí un billete de diez chelines del monedero de mi madre, que estaba en el bolso, y volví a la cocina. Seguían escuchando la radio, tan concentrados que daban miedo. Me di cuenta de que el jamón estaba chisporroteando en la sartén.

—¿Puedo salir a jugar? —pregunté casi gritando.

Mi madre esbozó un gesto vago, como diciéndome que me largara. Salí a deambular por la calle y acabé comprando doce chocolatinas de licor a una mujer distraída en la tienda de golosinas. En un banco del paseo me comí dos, y al instante me sentí nerviosa y un pelín borracha. Aparte de que luego vomité, no recuerdo gran cosa de lo que dejó aquel día, salvo a mi madre diciéndole a mi padre mientras yo me acostaba bajo la ventana inclinada del dormitorio:

—Estoy segura de que tenía otro billete de diez chelines. No me extrañaría nada que esa señora viniera a chorizarnos cuando estamos fuera.

Más tarde, recuerdo contemplar el cielo rojo por la ventana abuhardillada y asociar su resplandor con los siete chelines con seis que me habían sobrado y que guardaba en las bragas.

—Tú no sabías nada de la guerra —me dijo Adam.

—Sabía lo de Sidi Barrani, El Alamein y Tobruk. Cuando íbamos a la matiné del domingo, sus nombres me rondaban en la cabeza como esos poemas deprimentes que te enseñan en la escuela. Luego estaban las Ratas del Desierto. Siempre teníamos la esperanza de ver ratas enormes en la arena, pero lo único que veíamos eran tanques y pistolas. Recuerdo que pateábamos el suelo gritando: «¡Queremos a James Cagney! ¡Ponednos la película!».

—Y mientras tanto, los hombres se morían.

—Tú no. Ojalá te hubieras muerto.

—Ojalá. Lo pienso cada vez que os veo a ti y a los mocosos en este vertedero.

Arrojé el vaso vacío a la chimenea vacía y se hizo añicos.

—No te atrevas a llamar mocosos a mis hijos. A mí llámame lo que quieras, pero a ellos no. Son inocentes.

—Inocentes, qué gracia. Ya podrían enseñarles unos cuantos trucos a los niños árabes.

—Sí, claro, como tú lo sabes todo sobre los niños árabes…, pues no hay más que hablar.

—Me voy a casa —dijo Brendan—. No aguanto más.

—No te vayas —dijimos Adam y yo casi al mismo tiempo—. No estamos peleando de verdad.

—Venga, quédate —dijo Adam—. Voy a por otra botella. Ya verás cómo todo se arregla con otra botella.

Tras rebuscar en el fondo del bolso, le lancé unas monedas.

—No tardes y no bebas ni un trago antes de volver.

—Tengo un poco de decencia, no como tú —dijo al salir.

—No soporto que os peleéis así. Me afecta al cerebro —dijo Brendan.

—Lo sé —le dije acercándome su cabeza al pecho y acariciándole el pelo. Estaba duro como alambre.

—Adam es mi amigo —dijo Brendan acurrucándose mimoso.

—Yo también soy tu amiga —dije—. Más vale que seamos rápidos. Va a venir corriendo.

—¿Qué le pasa? —dijo Adam al volver mientras sacaba la botella de la bolsa de papel marrón.

Brendan lloraba en la silla.

—Es porque nos peleamos —dije—. No lo soporta. Le afecta al cerebro.

—Venga ya, tío —le dijo Adam poniendo la mano en el ancho hombro de Brendan—. No volveremos a discutir. Ahora Betty y yo somos amigos. Todos somos amigos.

Entonces me susurró en voz baja:

—Mira lo que has hecho.

Conocí a Brendan un sábado por la tarde, cuando Adam lo trajo a casa después de que todos los pubs cerraran. Tenía la mirada amigable de los forajidos de las películas mexicanas: moreno, sin afeitar y demasiado joven para ser un veterano de guerra. Me senté en el brazo de su silla y acepté un vaso de vino barato de la botella que había traído.

—Brendan, esta es mi mujer —dijo Adam.

Sentí su mano cálida y fuerte al estrechar la mía, la sonrisa en su cara ancha, con una nariz de encanto melancólico aplastada, y me fijé en sus ojos, que, a diferencia de los de los forajidos mexicanos, eran azules y expresivos. No dijo gran cosa. Adam nos entretuvo con algunas historias de guerra graciosas que yo ya había escuchado. Los niños vinieron y merodearon alrededor de Brendan. Mi hijo Robert escudriñó la etiqueta de la botella de vino y le preguntó a Adam si podía darle un trago, a lo que Adam le respondió con un manotazo en la oreja. Robert aulló de inmediato, y mi hija le dio una patada a Adam en la pierna porque le vino en gana. Habría resultado un momento difícil de no ser por Brendan, que se sacó dos chelines de la manga y les dio uno a cada uno. Se fueron encantados. Después puse un disco titulado *Una velada cautivadora.* Brendan y yo bailamos un vals, o más bien arrastramos los pies por el suelo un rato mientras Adam permanecía sentado con la cabeza gacha y llorando en silencio, lo cual era mala señal. Al poco, Adam tenía a Brendan agarrado por el pescuezo y lo empujaba hacia la puerta. Brendan, con toda la fuerza de sus manos, se zafó de Adam más fácilmente de lo que yo había supuesto, lo devolvió a la silla de un empujón y le dio un puñetazo en la boca. Adam se limpió con la mano y luego, con la mirada perdida, se quedó contemplando la sangre que tenía en los dedos.

—Es la guerra —dije—. Le tiene afectado el cerebro, sobre todo cuando bebe.

—¿Estás bien? —preguntó Brendan limpiándole el labio a Adam con el borde del jersey desgarrado.

—Lo siento —dijo Adam tirando un poco de la lana y deshilachándola aún más—. No era mi intención. Eres el único amigo que tengo.

Rompió a sollozar de nuevo y Brendan se puso a llorar con él. Me fui a la cocina a hacer un té.

—Así que ya ve —le dije al señor Robson—. Brendan casi se ha convertido en parte de la familia. Los niños lo llaman tío Brendan.

—Los niños siempre aceptan a los amigos de sus padres como si fueran parientes. Es un signo de inseguridad —sentenció con gesto altivo.

—Mis hijos son muy inseguros —concedí.

—Me parece que ese Brendan también es inseguro.

—Pues sí que lo es. Como yo soy insegura, he notado lo inseguro que es él, mucho más que yo. No aspira a conseguir trabajo, aparte de alguna chapuza de jardinería que le sale aquí y allá de vez en cuando, y eso es porque se siente muy inseguro.

—Tal vez sea perezoso sin más.

—Qué va. Brendan haría lo que fuese por cualquiera. Si lo conociera, sabría lo que quiero decir.

—Hum —murmuró el señor Robson, y tras una pausa añadió—: ¿Ya son amantes?

—Me cuesta pensar en él como un amante. Apenas estamos solos, salvo cuando Adam sale corriendo a por una botella de vino, pero en realidad, tampoco quiero quedarme a solas con Brendan mucho tiempo. No sirve para conversar.

—Todo esto suena de lo más intrigante —dijo el señor Robson.

El viernes por la tarde, al salir del trabajo, di un paseo hasta los muelles para hacer una visita a la señora Rossi. La chica del mostrador levantó las cejas al verme.

—Bueno… —dijo.

—Me gustaría ver a la señora Rossi, si no le importa —le dije clavándole la mirada.

Tras una larga pausa, inclinó la cabeza en dirección al despacho de la señora Rossi. Podría jurar que tenía una sonrisita en los labios.

—Has venido en mal momento —dijo la señora Rossi aplastando una colilla en un platillo lleno de ceniza—. Pero bueno… —Se encogió de hombros.

—En fin, no es nada… Solo quería pedirle consejo.

—¿Consejo?

—Pero si está ocupada… —dije.

—Puedo dedicarte diez minutos. —Encendió un cigarrillo y me echó una mirada inquisitiva.

—Me han ofrecido un puesto permanente en Chalmers y Stroud, y me pregunto…

—Pero eso es fantástico, querida. —Dio una calada con delicadeza, dibujando un anillo en el aire con estudiada sofisticación. Sus pendientes negros hacían juego con los ojos, y contrastaban con las manos enjoyadas.

—Odio estar atada —dije.

—Dime, ¿eres géminis? —preguntó.

—Pues ahora que lo pienso, resulta que sí.

—Los géminis son así: siempre en movimiento y de insatisfacción fácil, pero suelen tener mucho talento.

—Qué interesante, me encanta —dije.

—Uy, pues ya la tenemos liada —dijo ella apartando los papeles de la mesa a un lado.

A continuación sacó una baraja del cajón y puso seis cartas bocabajo. Les dio la vuelta una por una con gesto concentrado. Yo apenas me atrevía a respirar. Cerró los ojos y, como no se movía, pensé que se había quedado frita. Carraspeé nerviosa. Cuando volvió a abrir los ojos, los tenía tan negros que no se le veían las pupilas.

—Hay tres hombres en tu vida, y uno de ellos te provoca muchas dudas —dijo—. Ya puedes ir despejándolas, porque ese hombre es bueno para ti y hará que tus circunstancias mejoren en gran medida.

—¿Significa eso que debo seguir en Chalmers y Stroud? —pregunté con timidez.

—Ay, querida… —Se echó a reír, y ahora parecía del todo normal—. Eso tienes que decidirlo por ti misma, yo solo puedo decirte la impresión general que me han dado las cartas. Toda elucubración podría llevarme a confundirte.

—Me ha ayudado muchísimo, señora Rossi. Ha sido muy interesante descubrir que echa las cartas.

—No lo hago por sistema, solo de vez en cuando, si tengo una urgencia. Vuelve por aquí a verme. Quién sabe, igual surge otra urgencia. —Y soltó una carcajada de una fuerza inusual.

La chica del mostrador metió la cara de hurón por la rendija de la puerta para preguntar:

—¿Llamabas? —Y me miró con suspicacia.

—Sí —dijo la señora Rossi, y de pronto parecía muy hostil—. Hay correo para enviar. Encárgate de él.

—Adiós —dije dirigiéndome a la puerta, pero ninguna de las dos respondió.

—¡Así que echa las cartas! —exclamó Mai apretujada contra mí, las dos sentadas a una mesa de la cafetería McFenny's Food Service, adonde habíamos ido a probar por cambiar un poco—. Me parece un poco sospechoso —añadió.

—A ti todo te parece sospechoso —dije tratando de llevarme un puñado de espaguetis a la boca con el codo derecho metido en su costado.

—Bueno, es que hay mucha gente sospechosa por ahí, y a mí los que echan las cartas me parecen muy sospechosos.

—No es una profesional, solo lo hace en caso de urgencia.

—¿En caso de urgencia? —repitió Mai con una risita—. Estos espaguetis están divinos, ¿no te parece?

—Son muy largos. Deberían cortarlos en trozos. Me recuerdan a las lombrices.

Mai dejó el tenedor sobre la mesa.

—Ya me has quitado el hambre. No puedo comer ni un bocado más.

—De todas maneras, están asquerosos.

Nos tomamos el té agachando la cabeza muy cerca de la taza.

—Santo cielo, de verdad que estoy harta —saltó.

—Lo siento —dije.

—No me refiero a los espaguetis, sino a todo.

—¿Por qué? ¿Qué pasa?

—No puedo seguir así siempre, cuidando al bebé toda la semana y luego, cuando llega el sábado, yendo a bailar sin conocer nunca a nadie… Nadie interesante, claro.

Me encogí de hombros.

—Al menos vas a bailar.

—¿Tú qué haces los sábados por la noche? ¿Ver la tele?

—La verdad es que voy a tomar algo con Adam y su amigo Brendan mientras los niños se quedan viendo la tele.

Giró la cabeza de inmediato.

—Así que Brendan. ¿Y qué tal es?

—Pues es difícil de explicar. No te gustaría.

—Deja que lo intente. Tres es multitud, cuatro compañía. —Me miró con ojos suplicantes.

—Está un poco lejos. Bueno, si quieres, te daré el nombre del pub y la dirección esta semana —dije.

—Fantástico —dijo, y dio unas palmaditas.

—¿Sabías que los géminis siempre están en movimiento, son de insatisfacción fácil y suelen tener mucho talento? —le pregunté a Adam.

—No.

—Pues según la señora Rossi, así somos.

—¿Quién es la señora Rossi?

—La directora de la agencia.

Estábamos sentados a la mesa contemplando la carne picada que se había quemado.

—Odio la carne picada —dijo mi hijo.

—Yo odio la carne picada quemada —dijo mi hija, y golpeó la cuchara contra el plato, que tenía un pegote de carne pegada como si fuera cemento.

—No es fácil que se te queme la carne picada —le dije a Adam.

—Me quedé dormido. Últimamente estoy muy cansado.

—¿De qué? —Me llevé un pedazo de sustancia rocosa a la boca. Como no obtuve respuesta, proseguí—: Total, que entre la señora Rossi, que dice que los géminis tienen talento, y el señor Robson, que quiere que vaya a su casa el domingo para que le mecanografíe unas cosas que me pagará como horas extras, estoy bastante contenta de mí misma.

—Me alegro de que estés contenta porque a nosotros no nos pasa lo mismo, ¿verdad, hijo? —le dijo a Robert, que miraba el plato con un odio muy intenso.

—¡Anda, vete a por un plátano! —grité sin quitarle ojo a Rae, que estaba escurriéndose de la silla con intención de escapar—. ¡Y a usted, señorita, ni se le ocurra moverse!

Se hizo un fatídico silencio durante cinco minutos, y luego Adam dijo:

—La semana que viene vuelvo al trabajo, así que tú ya puedes quedarte en casa. —Cogió la piel del plátano de Robert que estaba sobre la mesa y me la tiró gritando—: ¡Las cosas no pueden seguir así de ninguna manera!

—Olvidas que la semana pasada te despidieron por correo —dije recogiendo la piel de plátano—. Así que las cosas tendrán que seguir así, y además el domingo voy a ganar un poco más.

—¿Podemos ir contigo? —preguntó Rae, a quien la escena de la piel de plátano le había provocado un ataque de risa.

—Bueno, si os portáis bien, os llevaré de excursión el sábado. A la playa, a lo mejor.

—¿Y vendrá papá? —preguntó Robert.

—Claro que sí, si se porta bien. —Pasé el brazo por el hombro de Adam, que estaba desplomado en su asiento y movía la boca de un modo muy extraño—. ¿A que es buena idea? —dije—. Haremos una escapada para olvidarnos un poco de todo.

—¿Vendrá el tío Brendan? —preguntó Rae.

—El tío Brendan no tiene nada decente que ponerse, además una vez dijo que no le gustaba el mar. Cuando lo ve, le entran ganas de ahogarse.

—Yo sí que iré —dijo Adam asintiendo con un gesto de cabeza—. Así seré yo el que me ahogue.

—Lo pasaremos bien —dije acariciándole el puño cerrado que reposaba sobre la mesa—. Por una vez, saldremos los cuatro juntos.

—Betty va a llevarnos a la playa —le dijo Adam a Brendan el viernes en el pub mientras yo miraba la puerta esperando a Mai.

—Ah, qué bien—dijo Brendan.

—Perdona, tío, pero vamos a ir nosotros dos solos con los niños. Fue idea suya.

Brendan se apartó para limpiarse la boca como como si estuviera llena de migajas.

—Por supuesto. No pretendía apuntarme. Quiero decir, no quiero entrometerme en una salida familiar.

—Sobre todo porque no eres de la familia y ni siquiera tienes algo decente que ponerte —dijo Adam.

Brendan se miró el jersey, que parecía como tejido con cuerda negra.

—Voy hecho un desastre —dijo con remordimiento—. Bueno, ahora quiero renovar un poco el armario con el catálogo de mi madre —añadió con voz triste—. No soporto la ropa nueva. Nunca me queda bien.

—No es por eso, Brendan —dije—. Es que una vez me dijiste que odiabas el mar. No pensé que te gustaría venir con nosotros.

Pestañeó.

—Es verdad. No me gusta el mar, aunque no recuerdo muy bien por qué. En realidad, no sé si lo he visto alguna vez, pero creo que no me gustaría —añadió apresurado mientras me concedía una de sus miradas azules y expresivas.

—Bueno, ven si quieres —dije como si nada—. ¡Ah, mira! —grité—. Ahí está mi amiga Mai, de la oficina.

Se acercaba atravesando el gentío a empujones desde la puerta. Llevaba un vestido violeta y un sombrero negro con botones metálicos dorados en el borde.

—Por fin os alcanzo —dijo al llegar con ademán juguetón y sin aliento.

Cuando le presenté a Brendan, se quedó con la boca abierta y luego sonrió a Adam con afectación mientras aseguraba:

—He oído hablar mucho de ti.

—¿En serio?

—Solo cosas buenas —dijo Mai.

Salvo por lo que decía, era como una de esas actrices de las películas mudas.

—¿Te pido algo? —dijo Adam con un aire digno del que me sentí orgullosa.

Brendan parecía sonrojado e inquieto. Le apreté la mano por detrás de Mai.

—¡Pídenos algo a todos! —grité—. Así nos emborrachamos juntos.

Brendan se echó a reír como si mi broma hubiera sido muy ingeniosa.

—¿Verdad que es terrible? —dijo Mai agitando las manos—. Bueno, por eso me cae bien.

Una vez colocados, Mai quedó sentada entre Adam y yo, y Brendan a mi lado. Por su grado de inclinación, parecía tener una nalga fuera del asiento.

—Haced un poco más de hueco —dije—. Brendan no tiene el culo de un pigmeo.

Noté cómo los agujeros de la nariz de Adam se dilataban. No le gustaba que fuera grosera delante de la gente.

—Estoy bien —dijo Brendan agarrándose a la mesa en busca de un punto de apoyo.

Mai y yo estábamos tan apretujadas como dos siamesas, y los efluvios de su perfume se filtraban por mis poros.

—¿Te molesta que haya venido? —me susurró al oído y se reforzaron los vapores.

—Qué va, me alegro —dije.

Desde su posición medio fuera de la mesa, Brendan se dirigió a Mai:

—Las amigas de Betty son mis amigas.

Podía sentir el calor que desprendía su cara sonrojada.

—Puesss… qué bien. —Se volvió hacia Adam y dijo algo, a lo que él asintió muy tieso.

Mai siguió hablando con él durante el resto de la noche entre las rondas que pedimos Brendan, Adam y yo, pero nunca ella. No podía oír lo que decían, y cuando miraba a Adam con gesto inquisitorio, él bajaba la vista al suelo. Brendan me dijo:

—Tu amiga es muy vivaracha.

Y yo le pegué un buen codazo en el costado.

Después de eso no volvió a abrir la boca. Como la bebida no parecía afectarme, cuando nos levantamos para marcharnos me sorprendió descubrir que apenas podía tenerme en pie. Me agarré a la mesa para recomponerme y comprobé que me había quedado sola. Brendan estaba esperándome fuera, y Adam y Mai ya se alejaban del brazo.

—Vaya pareja de cabrones —dije aferrándome al brazo de Brendan.

—No me gusta mucho tu amiga —dijo—. No me ha dirigido la palabra en toda la noche.

—Bueno, tampoco te has perdido nada.

—Tú eres mucho más guapa que ella —dijo Brendan.

Ya me sentía un poco más estable y segura.

—Vamos a dar un paseo por el río y que hagan lo que quieran.

—¿Estás segura? —dijo Brendan.

—Segurísima. No quiero volver a casa y encontrármelos follando en el suelo o contra la pared.

—Adam no es así.

—No lo conoces —dije con voz sombría.

Cuando llegué a casa al cabo de tres cuartos de hora, Adam estaba acostado.

—¿Dónde te has metido? —preguntó.

—Os estaba buscando —dije—. Tuve que ir al baño y, al salir, habíais desaparecido.

—¿Y qué ha pasado con Brendan?

—¿Cómo voy a saberlo? Y lo que es más importante, ¿qué ha pasado con Mai?

—¿Mai? —dijo—. En mi vida me he alegrado tanto de librarme de alguien. La acompañé al autobús para que se largara lo antes posible.

—Si tú lo dices… —dije mientras me quitaba los zapatos, sorprendida al ver que estaban llenos de barro.

—Espero que Brendan esté bien —dijo antes de volverse hacia su lado para dormirse.

—¿A quién le importa? —dije, y al instante sentí ganas de vomitar.

4

El sábado por la mañana me quedé en la cama todo lo que pude, rezando para que lloviera mientras Adam roncaba a mi lado. Lo consideraba un hombre atractivo aunque ya no me atrajera, pero cuando roncaba sentía una profunda aversión hacia él. Cuánto deseaba una cama para mí sola. Rae entró como una exhalación.

—Mamá, levántate. Hace sol y dijiste que nos llevarías a la playa.

Adam se incorporó de golpe, como si lo hubieran salpicado con metralla.

—¿Qué? ¿Qué pasa?

—Vamos a la playa —dije sin asomo de alegría.

Me levanté y bajé la escalera arrastrándome para enfrentarme a la inmundicia de los platos por fregar de la víspera. Era increíble la cantidad de porquería que podía juntarse en una casa pequeña en un solo día. Habría sido más fácil quemarla y empezar de nuevo, pero la póliza del seguro llevaba tiempo vencida. Para cuando acabé de fregar y preparar tostadas con mermelada, Adam apareció a trompicones en la cocina exhibiendo una barbilla llena de sangre por culpa de una cuchilla sin afilar mientras buscaba frenético la corbata.

—A lo mejor estrangulaste a Mai con ella —sugerí.

—¿Quién es Mai? —replicó desbaratando una pila de ropa sucia en el suelo.

—Ya la tengo, papá —dijo Robert triunfal—. Estaba debajo de la cama. Huele fatal.

Tras olisquear la corbata, llegamos a la conclusión de que el tufo era a alcohol rancio.

—Póntela —dije—. Te da una especie de aura.

Al cabo de una hora, cuando ya estábamos lo más listos posible para marcharnos, descubrimos que habíamos perdido la llave.

—No podemos irnos hasta que no la encontremos —dijo Adam.

—Entonces mejor nos olvidamos de la excursión.

Los niños se pusieron a aullar, patear el suelo y aporrear las paredes.

—Está bien, nos vamos —dijo Adam—. Cualquiera que entre se morirá del susto.

—Lo único que pueden llevarse es el tocadiscos —dije.

—De todas maneras, está roto —dijo Rae.

Al salir a la calle tuvimos que pararnos un momento, deslumbrados por el sol.

—Puedo reunir fuerzas si antes bebo un trago —dijo Adam.

—Mejor que no —dije al ver cómo los niños se alejaban corriendo—. El tren puede llegar en cualquier momento.

Esperamos un cuarto de hora en la estación. Los niños iban y venían del baño dando saltitos y correteaban muy cerca del borde del andén.

—No te das cuenta de lo mucho que detestas a tus hijos hasta que te los llevas a algún sitio —dijo Adam.

—Yo odiaba ir con mis padres de excursión cuando era niña —dije—. Deberíamos estar contentos de que quieran venir con nosotros.

—Por lo que recuerdo de tus padres, no te culpo de nada.

—Al menos me daban seguridad. Nuestros hijos no tienen ninguna.

—¡Por el amor de Dios, no sé de dónde sacas esas ideas! —gritó Adam.

Cuando el tren entró en el andén, nos precipitamos adentro como lemmings rumbo al olvido.

Más tarde, con la espalda apoyada contra el muro de la orilla, Adam y yo compartimos una botella que habíamos comprado en una tienda donde vendían alcohol, dando pequeños sorbos.

—Supongo que ha merecido la pena —dijo Adam.

—Sabía que lo pasaríamos bien.

—Sí, eso de pasarlo bien es una descripción muy apropiada... que me recuerda en cierto modo a tu madre.

Observé las siluetas de los niños, serenas y en equilibrio sobre las rocas a lo lejos.

—Siempre me ha gustado la playa —dije.

—Yo estuve solo una vez en una, atrapado durante tres meses. No la disfruté mucho, claro.

—No hablemos ahora de la guerra —dije.

—Perdona.

Dejé que la arena se me deslizara entre los dedos. Se levantó un poco de brisa que me hizo temblar.

—Toma, bebe un poco —dijo Adam.

Alcancé la chaqueta.

—¿Por qué todo te recuerda a la guerra?

—Porque fue la única época en que me sentí vivo.

—Entonces te gustó.

—No lo entenderías —dijo Adam. Escudriñaba el horizonte como un náufrago.

Agarré la botella y dije:

—Nunca te he hecho feliz, ¿verdad?

—Soy bastante feliz. —Sus palabras sonaron del todo indiferentes.

—Yo también —dije apreciando el calorcito del licor al llegar al estómago.

Se levantó para encaminarse hacia las rocas y, una vez allí, se encaramó hasta donde estaban los niños y señaló el horizonte. Se quedaron los tres muy quietos, como tótems. Al cerrar los ojos, me inquietó recordar al señor Robson y el libro que estaba escribiendo. Pintaba mal. Después estuvimos paseando por un parque en lo alto de una colina, detrás del pueblo. Sentados en un banco de madera tras unos arbustos, los niños engulleron unos dónuts regados con limonada y Adam y yo dimos unos tragos a la botella. Entonces un manto de nubes atenuó la luz.

—Ha sido un día bonito —dije poseída por la urgente necesidad de marcharme.

—Muy bonito —dijo Adam con la mirada taimada del que sabe más de lo que dice.

—¿Qué pasa? —pregunté.

—Nada, todo está perfecto.

Robert vino corriendo con unas gafas de sol que se había encontrado. Me las puse.

—¿Qué tal estoy? —pregunté.

La montura estaba rota y el metacrilato rayado.

—Pareces una actriz de cine —dijo Adam tendiéndome la botella—. Acábatela.

Cuando me la llevé a los labios, dijo:

—Ten cuidado. Ahí viene la bofia.

Pero solo era un viejo guarda decrépito que me echó una extraña mirada al pasar por nuestro lado.

—Tenemos que ir pensando en irnos.

Los niños se pusieron a fingir que agonizaban.

—¡Justo ahora que empezábamos a pasarlo bien!

—Ese es el mejor momento para marcharse —dijo Adam.

—Bueno, podemos quedarnos un poco más —dije—. Aún es pronto.

—Yo quiero irme a casa —dijo Rae—. Estoy harta.

Adam se echó a reír como si Rae hubiera contado un chiste. El efecto del alcohol me daba la impresión de tener una venda apretada en la cabeza. Tiré la botella vacía a una papelera y me alejé de ellos. Hicimos el viaje de vuelta en tren en completo silencio. Los niños parecían taciturnos y decepcionados. Cerré los ojos para borrar aquellas caras.

Brendan asomó por la puerta de casa a las nueve de la noche con una botella negra bajo el brazo y embutido en un traje gris a rayas.

—Quién te ha visto y quién te ve —dijo Adam.

Brendan se miró las piernas.

—¿No me va demasiado justo?

—Estás magnífico —dije—. Como un ejecutivo.

—Más bien como un mafioso importante —dijo Adam.

—¿Mafioso? —repitió Brendan.

—¿Nunca has visto una película de mafiosos? —preguntó Adam—. Todos van vestidos como tipos muy urbanos.

—Es del catálogo de mi madre, me lo han traído esta mañana. Entonces, ¿habéis ido a la playa?

—Sí, lo hemos pasado bien —dije.

—Tendrías que haber venido —dijo Adam.

—Lo pensé, solo que…

—¿Y por qué no viniste? —pregunté mientras servía el vino en los vasos.

—¿Puedo sentarme en tus rodillas? —dijo Rae irrumpiendo a toda velocidad para tirarle a Brendan de la chaqueta.

—¡Fuera de aquí! —grité—. Tienes los dedos embadurnados de mermelada.

Brendan siguió plantado en medio del salón con una sonrisa bella y soporífera mientras todos lo admirábamos. Cuando el tema de su apariencia se agotó, le pregunté cómo seguía su madre.

—Bien —replicó incómodo, y añadió—: Bueno, ahora que tengo que pagar este traje, me ha dicho que me busque un trabajo.

—¿Qué tal en una fábrica? —sugerí.

—No te lo aconsejo —dijo Adam—. Es demasiado claustrofóbico.

—No me gusta estar encerrado, excepto en los pubs o las casas cuando bebo —dijo Brendan mientras le guiñaba un ojo a Robert, que aún seguía admirándolo.

—¿En la obra, entonces? —dije.

—Hum —dijo Brendan—. Trabajé en una durante unas horas y el capataz no dejó de gritarme e insultarme, hasta que me entraron unas ganas terribles de darle con la pala en la cabeza. En lugar de eso, me largué.

—Deberías ser ladrón de bancos —dijo Robert—. Es lo mejor. Es lo que voy a ser yo.

Brendan le revolvió el pelo.

—Buena idea. Cuando seas mayor, robaremos bancos juntos.

—¿Qué tal algo de jardinería? Eso se te da bien —dijo Adam.

Brendan asintió.

—Sí, cavar jardines no me importa, pero en la última casa donde trabajé, la mujer no dejaba de pedirme que le arreglara cosas. Al final me harté.

—¿Qué clase de cosas quería que le arreglaras? —pregunté.

—Pues enchufes, grifos y cosas así. Eso no se me da bien —replicó, y me dio la espalda como queriendo zanjar el tema.

—A lo mejor lo que quería era que la arreglaras a ella —dijo Adam con una risotada.

—Brendan podría arreglar a quien quisiera —replicó Robert echando una mirada fiera a su padre.

—Venga, niños, a la cama ahora mismo —dijo Adam haciendo un gesto amenazador con el pulgar.

—Pues sí que me gustaría arreglar a mucha gente —dijo Brendan lanzándome una de sus miradas expresivas.

A la mañana siguiente dormí casi hasta el mediodía. Cuando me acordé de la cita con el señor Robson ya era demasiado tarde. El esfuerzo de vestirme me pareció imposible. Me arrastré dando tumbos por la casa en camisón, escuchando discos de Nat King Cole y llevando bocadillos de queso y tazas de café de aquí para allá, como si fueran remedios para las inapetencias desanimadas. Brendan se pasó casi todo el día en el sofá, como una ballena condenada a morir. A las cuatro se levantó y se fue sin decir palabra. Volvió tres horas después con unos tragos. No sé cómo lo hizo.

El lunes por la mañana no quería levantarme. No quería hacer el desayuno, ni ir a Chalmers y Stroud, ni ver al señor Robson, ni comer con Mai. Quería dormir hasta hartarme y luego levantarme, hacerme un café, comer rollitos, dar un paseo hasta el parque y sentarme cuando me viniera en gana o caminar cuando me viniera en gana. Quería estar sola y libre.

—Hora de levantarse —dijo Adam apagando el despertador.

—Sí, cariño —dije cargando las palabras con toneladas de aversión—. ¿Quieres una tostada o dos?

—Nada.

Me vestí con gestos furtivos dándole la espalda.

—Por cierto, cuando vengas no estaré. Me voy —dijo.

—¿En serio, cariño? —repliqué ajustándome el liguero.

—Ya no te soporto.

—No me sorprende —dije rebuscando febrilmente en un cajón una blusa que sin duda necesitaría un planchado.

—¿Por qué siempre intentas rebozarme en la mierda cuando tienes público? —dijo Adam.

—Yo no llamaría público a Brendan.

Al distinguir una prenda azul y arrugada en el fondo del cajón sentí un desaliento extremo.

—¿Cómo lo llamarías entonces?

Se sentó muy erguido contra la almohada. Comprobé de un vistazo que parecía un poco trastornado.

—Un memo —respondí.

—Según mi experiencia… —empezó a decir.

—¿Eso incluiría la guerra? —dije en tono sarcástico con la esperanza de que se callara.

—En mi vida he conocido a nadie tan escalofriante como tú.

—Pero ¿qué he hecho?

—¿Qué has hecho? —Se rio—. ¿Que qué has hecho? Me llevaría toda la mañana contar lo que has hecho: reírte, llorar, besar a Brendan, el pobre tipo estaba totalmente confundido, y gritar que yo no fui más allá de Aldershot durante la guerra, es decir, que no fui a ninguna parte.

—Lo siento, no puedo quedarme aquí escuchando todo ese rollo, tengo que ir a trabajar, ¿sabes?

—Bueno, me iré enseguida. No lo soporto más.

—Perdón por el retraso —le dije al señor Robson mientras me alisaba la blusa arrugada—. He tenido un fin de semana horroroso.

—Ay, querida —dijo él alcanzando un libro de una de las estanterías.

Se titulaba *Miedos y alegrías de la dicha extramarital.*

—Pensé que no llegaba esta mañana —añadí.

Abrió el libro por una página precisa, la estudió durante un minuto y luego lo cerró.

—¿Qué ha pasado? —preguntó.

—Es Brendan, el amigo de mi marido. —Me callé, quieta con las manos entrelazadas y la mirada perdida.

El señor Robson asintió con un gesto casi imperceptible, como si pudiera anticipar algo ominoso con respecto a Brendan.

—La última vez que lo vimos fue el sábado por la noche y parecía algo trastornado y… —Me callé otra vez.

—¿Sí? —El señor Robson tamborileó con los dedos sobre la mesa y carraspeó.

—Acusó a Adam, mi marido, de ser un fraude. Le dijo que sabía muy bien que no había ido más allá de Aldershot durante la guerra porque había hablado con alguien que conocía a Adam cuando estaba en el Ejército. Esa persona le había dicho a Brendan que, como Adam tenía un coeficiente de inteligencia muy alto, lo habían puesto en una unidad especial para descifrar comunicaciones enemigas.

—Todo eso suena de lo más encomiable —dijo el señor Robson.

—Cuando Adam lo oyó, casi le da un infarto. De verdad que le salía espuma por la boca de lo rabioso que estaba. Trató de estrangular a Brendan, que por suerte tiene un cuello grueso y fuerte, y no llegó a hacerle daño, pero Adam pasó un domingo terrible, por eso no pude ir a su casa. Iba de un lado a otro jurando que se vengaría de Brendan, repitiendo una y otra vez que durante la guerra él había sido un completo estúpido, por eso lo habían enviado fuera, para morir por su país junto a un millón de estúpidos como él. Yo le dije que lo creía, pero ahora no estoy segura. Es muy inteligente, ¿sabe?

El señor Robson se frunció el labio inferior con los dedos.

—Debo admitir que la situación ha adoptado un giro muy extraño, pero me parece que su marido ha actuado como un demente.

—Ahí se equivoca —dije—. Era predecible que Adam actuara así bajo la presión de las acusaciones de Brendan, pero que Brendan hiciera esas acusaciones es algo insólito, impropio de él. Ni siquiera sé si alguna vez ha oído hablar de Aldershot, y en caso de que sí, no sería capaz de maquinar una historia como esa.

—Entonces será que ha hablado con alguien que conoció a Adam durante la guerra, tal y como dijo —zanjó el señor Robson con un suspiro de impaciencia.

—Me cuesta imaginarlo.

El señor Robson volvió a abrir el libro y escudriñó las páginas como buscando una solución, o quizá una distracción de mi red de probabilidades.

—No sé muy bien si decir esto —dije con timidez—, pero… ¿cree que Brendan podría tener un trastorno de personalidad múltiple?

El señor Robson levantó la vista y abrió los ojos como platos exhibiendo unos iris lechosos.

—Eso es algo que sobrepasa mi entendimiento, pero ¿sabe lo que pienso? —dijo esbozando una sonrisa paternal.

—¿Qué, señor Robson?

—Creo que todo se reduce al sexo. Este libro lo explica muy bien, ¿sabe?, hasta dónde puede llegar una persona frustrada por culpa de otra del sexo opuesto por la que siente un gran deseo.

—¿Sexo? —repetí.

—Es evidente que están celosos uno del otro por usted. Los animales son mucho más directos. Enseguida se ponen a luchar y gana el mejor. Brendan y su marido son seres humanos complejos que no tienen ni idea de lo que tienen entre manos. La conducta humana, querida —me acarició la mano lánguida que tenía posada sobre la mesa—, es muy complicada.

—Esta mañana has estado mucho rato en el despacho de Robson —me susurró Mai al oído mientras pasaba plácidamente a máquina unas cartas muy aburridas—. Esto ya pasa de castaño oscuro.

—¿Qué quieres decir?

Se encogió de hombros e hizo un gesto hacia atrás con el pulgar.

—Ya sabes cómo son esas. Ven el mal por todas partes.

Contemplé el surtido de mujeres sentadas en actitud relajada y consagrada al trabajo.

—Quizá debería irme —dije.

—No quería decir eso —dijo mientras la rozaba al pasar en dirección a la mesa de una mujer muy amable, la señorita Benson, que me había contado no hacía mucho lo preocupada que estaba por su sobrino, que no iba bien en la universidad.

—Dígame una cosa —dije en un tono que todas pudieran escuchar—. ¿De verdad quiere que me marche?

Levantó las manos como si estuviera apuntándola con una pistola en la cabeza.

—¿Y por qué iba yo a querer que se marchara?

—Me he enterado de que se habla mucho sobre la cantidad de tiempo que pasa el señor Robson dictándome en su despacho, que no parece justificar la cantidad de correo que me encarga. Pues bien —proseguí con voz claramente audible—, eso es porque pasa mucho tiempo leyendo las cartas antes de responderlas. —Por el rabillo del ojo pude ver a Mai, que salía a hurtadillas del despacho. Continué—: Lo que al principio parecía una broma ahora pasa de castaño oscuro, o eso es lo que me ha llegado. —Agité las manos en un gesto desesperado—. Tal vez será mejor que me vaya.

Tras un minuto de silencio, las mujeres se revolvieron en sus asientos y se miraron inquietas, y luego me miraron inquietas. La señora Grimble, una mujerona gorda y sencilla que llevaba unos treinta años en la firma y que, según Mai, no tenía tiempo para el señor Robson y lo había descrito como un viejo loco y controlador, dijo:

—Querida, creo que todo esto es de lo más ridículo. Por mi parte, me gustaría dejar claro que si alguien insinúa que existe algún tipo de…, esto…

—¿Ñaca-ñaca? —terció la señorita Partridge, una mecanógrafa jovencita que se sentaba detrás de la señora Grimble.

Esta frunció el ceño.

—No sea ofensiva. Lo que quiero decir es que si vamos a sacar conclusiones de la cantidad de tiempo que pasa el señor Robson dictando, creo que estamos todas chifladas.

—Exacto —dijo la señorita Benson, y me condujo con mucho cariño a mi mesa diciéndome—: No sé qué le pasa a la gente hoy en día. Antes de la guerra todo el mundo era mucho más amable. Ahora el sentido de la decencia se ha perdido. Yo creo que la culpa la tiene el cine.

—Odiaría al señor Robson si notara algún indicio de… —Me callé y me senté temblando—. Es un buen hombre.

Mai parecía extrañamente apagada cuando, a la hora de comer, nos sentamos en los taburetes del nuevo Wimpy Coffee Bar, una al lado de la otra.

—Este sitio es mucho más caro que el resto —dije.

—Sí. —Masticaba la hamburguesa sin entusiasmo.

—Pero todo está muy rico.

—Sí.

—¿No tienes hambre? —pregunté.

Dejó la hamburguesa en el plato.

—Oye, no tenías por qué armar todo ese follón esta mañana. Me dejaste en evidencia.

—¿Y cómo crees que me sentía yo? Quiero decir, si la gente cuchichea sobre mí, ¿qué se supone que tengo que hacer?

—Eres una exagerada —dijo dándole otro bocado a la hamburguesa.

—Soy una persona muy sensible.

Me dirigió una mirada negra con sus ojos ennegrecidos.

—Tanta sensibilidad no puede ser real.

Me eché a reír.

—¿Te lo pasaste bien el viernes?

—Sí, estuvo bien —dijo—. Ese Brendan parece un tipo de lo más raro.

—Espero que ahora no empieces a criticar a mis amigos.

—Lo siento. Tendré que contenerme, si no, te irás otra vez.

—No soy capaz de pasar por esto dos veces en el mismo día —aclaré.

—Dios mío, eres la monda —dijo zampándose los restos de hamburguesa.

—Qué raro que no te gustara Brendan. De verdad que es una persona muy dulce —dije—. No es nada raro, si no, no lo aguantaríamos. Quiero decir, que si juzgas a una persona por la ropa que lleva o lo encantadora que es a primera vista, puedes no llevarte una impresión correcta.

—No me gustó y ya está. La verdad es que me dio repelús —dijo Mai.

—Pero ¿te fijaste en los ojos que tiene?

—No —dijo echándose hacia atrás y soltando un eructo de lo más impropio—. Pero hablas de él como si a ti sí te gustara.

—Brendan no es de los que gustan, pero es una persona que está ahí cuando vienen mal dadas. Por eso lo admiro.

Mai resopló como si todo eso quedara más allá de su comprensión.

—Tengo que decir que prefiero a tu marido, aunque tampoco es que me guste. Y aunque me gustara, no le seguiría el juego. No creo que seguirle el juego a un hombre casado sea buena idea, no es justo para la familia.

—Me trae sin cuidado si le sigues o no el juego —dije con frialdad—. Llevo años sin verle el menor atractivo. —Eché un vistazo alrededor del Wimpy—. Considerando lo caro que es aquí todo, creo que el sitio es muy deslucido. Me parece que ya nos han visto bastante.

Levantó las pestañas cargadas de rímel.

—¿Qué esperabas por dos con seis peniques? ¿El hotel Imperial o algo así?

Cerré los ojos para borrar la imagen de su cara de luna ofendida.

—Esperaba que me dieran lo que vale mi dinero.

Salimos del Wimpy separadas un par de metros. Una vez fuera, nos pusimos en paralelo.

—No me encuentro muy bien —dijo—. No sé qué me pasa últimamente.

La miré con un poco de lástima.

—He notado que te huele el aliento. No quería decírtelo, pero he oído comentarios en la oficina. Quizá es porque comes demasiada grasa, o a lo mejor es estreñimiento. Te lo digo también por Brendan. Puede que sea un poco raro, pero a él no le huele el aliento.

Al llegar a casa, Adam y yo nos sentamos a la mesa junto a la ventana mirando afuera, que era preferible a mirar adentro. El cuarto era un revoltijo de polvo y ropa tirada por todas partes como cojines vacíos.

—¿Sabes? Creo que el señor Robson es judío. ¿Y sabes por qué lo creo?

—No —dijo.

—Para empezar, porque tiene la nariz grande y aquilina y los ojos marrón oscuro.

—Ajá —dijo Adam.

—Nunca me había fijado, seguramente porque, como es viejo y tiene el pelo blanco, no hay mucho en qué fijarse. Pero sospecho que Robson puede ser un nombre judío.

—¡Por el amor de Dios! —dijo Adam enfadado.

—Espero que me pague. Quiero decir, con los judíos nunca se sabe.

—¿Que te pague por qué?

—Quiere que vaya a su casa este domingo a mecanografiarle unas cosas —dije con voz cansina—. Debí haber ido la semana pasada, pero no tuve fuerzas.

—¿Y quién va a encargarse de la cena del domingo? —preguntó Adam poniéndose alerta.

—¿No puedes hacerla tú, por una vez? Solo para ti y los niños. Yo seguro que como algo en casa del señor Robson.

—¿Cómo que por una vez? —dijo Adam mirando enloquecido a los niños, que tiraban piedras por encima de la valla al gato de los vecinos. Cerró la ventana de golpe y se volvió hacia mí con los ojos fuera de su órbita—. No soporto a los judíos.

—¿Cómo puedes decir eso? —susurré casi sin aliento—. Después de todo lo que han sufrido... ¡Es una blasfemia!

—No empieces con lo de que han sufrido mucho, porque eso no quiere decir que tenga que gustarme todo quisqui, incluido un judío que le pide a mi mujer que vaya a mecanografiarle no sé qué en su ático cuando en realidad a saber lo que busca.

—¡Su ático! —Me reí.

—Piso, chalé, mansión o lo que sea, da igual. No vas a ir.

—No te entiendo —dije mientras oía al vecino llamar a los niños «par de cabrones sádicos»—. Cuando te lo dije la primera vez, no pareció importarte mucho. ¿Es porque es judío? —Empecé a enfadarme—. ¿Es por eso?

Los niños se reían pegados a la ventana. Adam dio un puñetazo en la mesa y se levantó para retarme con las manos en las caderas. Me recordó a mi padre, su manera de interrogarme cuando yo era una niña y él estaba a punto de destrozarme. Entonces me levanté yo también para situarme en una posición menos vulnerable. Nos quedamos cara a cara, en actitud de enseñarnos los dientes.

—Voy a ir de todos modos —dije—. Necesitamos el dinero.

—Tú necesitas el dinero —dijo con la voz quebrada—. Y con un judío. Así que al final las cosas han llegado a este punto.

—Estás completamente loco. Voy a mecanografiarle unas cosas a un viejo que está escribiendo un libro titulado *El estudio de la conducta humana en los animales,* y lo más seguro es que no sea judío. Solo era una suposición.

—¿Animales? Por Dios, ¡eso ya es el colmo! ¿Quién diablos es él para hacer un estudio de nada? Entonces también hará experimentos, ¿no? —gritó mientras me sacudía con fuerza.

Robert se acercó corriendo y le pegó una patada en la espinilla a Adam.

—Deja en paz a mi madre —ordenó.

—¡Cerdo asqueroso! —gritó Rae detrás de él.

Adam se sentó. Parecía exhausto.

—Haz lo que quieras —dijo con voz débil, y a continuación explicó a sus atacantes—: Es todo por su culpa. No para de cotorrear sobre la mierda de los judíos y la conducta animal. Intenta volverme loco. ¿Qué os parece, chicos? —Sonrió con un gesto patético—. ¿Creéis que trata de encerrarme en un loquero?

Robert se volvió hacia mí.

—No le sueltes a papá esa mierda. Quien ha estado en la guerra no puede soportarlo. Déjalo en paz.

—¿A qué hora viene el tío Brendan? —preguntó Rae—. Él no suelta esa mierda, ¿verdad, papá?

—Voy a dejar las cosas como están —le dije a la señora Rossi después de que esta señalara mi aspecto consternado y me preguntara si quería un traslado.

En ese momento la chica del mostrador, que se llamaba Poppy, entró con una cafetera en una bandeja de plata, donde también llevaba una jarrita de leche de plata y un azucarero. En la mesa ya estaban dispuestas dos tazas muy bonitas con sus platillos.

—Es solo que no me gusta sentirme atada. —Le había explicado lo del señor Robson.

—¿Necesitas una vía de escape? —preguntó—. ¿Es eso?

—¿Una vía de escape? Sí..., bueno... Ya sé lo que quiere decir. Yo no lo llamaría de esa manera.

—Todo el mundo debería tener una vía de escape —dijo con gesto insondable—. ¿Te gusta mi plata?

—Es preciosa. Y muy elegante.

—Es polaca. A los alemanes les habría encantado, aunque no tienen lo que se dice el don de la elegancia.

—Pensé que era usted italiana. Parece italiana.

—Por suerte lo parezco, sí, y para parecerlo me casé con un soldado italiano que estaba en una unidad alemana. Él también pensaba que era italiana. —Estalló en una risa cruel—. Nunca descubrió la verdad. Explotó en pedazos por una bomba que la Resistencia polaca escondió en un camión del Ejército, lo cual para mí fue un alivio. A pesar de todo, él fue mi vía de escape.

—Ha tenido una vida muy emocionante —dije llena de molesta admiración ante una mujer con semejante ingenio.

—Ahora estoy muy tranquila. —Suspiró como resentida por esa tranquilidad vital.

—Pues mi vida es muy aburrida. Echo de menos un poco de emoción —dije sorbiendo el café y saboreando su regusto a nuez—. Este café está delicioso —añadí.

—Bueno, es el instantáneo de Maxwell House —replicó—. Entonces, ¿echamos un vistazo a las cartas?

Estudió las cartas repartidas en la tirada como una científica que estudia la vida a través de un microscopio. Se me erizó el pelo de la nuca. Entonces tomó una y dijo con una expresión rígida y extraña:

—Hay un hombre moreno con el que debes tener cuidado. Quiere hacerte daño.

Tanto Adam como Brendan eran morenos, y el señor Robson sin duda había sido moreno antes de encanecer. Me pregunté si él también contaba. ¿Cuál de los tres quería hacerme daño?

O quizá aún no conocía a ese hombre moreno al que se refería la señora Rossi.

—¿Cómo lo sabe? —pregunté.

Tomó otra carta sin mirarla y la agitó delante de mis narices.

—Te librarás del daño porque esta carta indica que hay una fuerza del bien que está de tu parte.

Recibí la información con indiferencia, puesto que no conducía a ningún lado.

Al parecer, la carta siguiente apuntaba que había dinero involucrado en el asunto, pero era difícil decir si yo sacaría algún provecho.

Sentí que la señora Rossi estaba perdiendo poderes cuando empezó a frotarse los ojos y bostezar. La carta que me mostró a continuación era el as de espadas.

—¿La muerte? —pregunté.

—No tiene por qué —dijo—. Pero ya no puedo seguir. A veces es por las personas. Es difícil saberlo.

—A lo mejor es por las cartas.

—No —dijo metiéndolas en la caja y devolviéndolas al cajón—. Nunca es por las cartas.

—Lo siento.

—No pasa nada, querida. —Me pareció que tenía los ojos hinchados—. No podemos esperar una respuesta siempre.

En ese momento entró Poppy y le dijo a la señora Rossi que había alguien al teléfono en la línea exterior.

—Qué inoportuno —dijo mirándome apenada.

—Ya me iba de todos modos —dije levantándome.

—Llámame si tienes problemas, no lo olvides.

5

—No quiero que te acerques a esos yanquis —solía advertirme mi madre.

Estábamos en el cuarto año de guerra y yo tenía dieciséis años y me disponía a ir toda emperifollada al salón recreativo con mi amiga.

—Odio a los yanquis —repliqué, lo cual era solo en parte cierto.

Me gustaba su acento tan marcado, como si arrastraran las palabras, su piel de color ocre y su arrogancia. En aquellos tiempos no sabía qué significaba la palabra «arrogancia», pero me sentía avergonzada cuando me miraban como si lo supieran todo, como si pudieran verme el sujetador relleno de bolas de algodón. Mi amiga parecía bastante a gusto cuando la miraban jugar al *pinball* mientras yo me quedaba allí plantada, a su lado, encogida de vergüenza. Quería que se fijaran en mí, pero en cuanto me miraban de reojo me ponía colorada como un camaleón. Mi risita floja y nerviosa no podía competir con la risa estridente que soltaba mi amiga por todo lo que decían.

—Niñita buena y tristona —dijo uno de ellos con desdén al pillarme contemplando su pelo negro peinado hacia atrás y su bigote negro, que me recordaba al de Clark Gable.

Entonces me subió el color remolacha a la cara, como siempre, y me alejé un poco para esconder mi turbación.

—¿Dónde vas? —chilló mi amiga.

Me volví y le saqué la lengua.

—¡Orejotas! —solté, pues el yanqui también compartía ese rasgo con el señor Gable.

Mi amiga me alcanzó.

—¿Qué te pasa?

—Ni muerta quiero que me vean con esos yanquis —dije—. En cuanto te miran, te violan.

Por aquel entonces no estaba segura de lo que significaba la palabra «violar», pero intuía que era lo peor que podía sucederte. Sin embargo, cuando una noche mi padre trajo a casa a dos yanquis que había conocido en el pub, me sentí muy feliz con una pierna subida en el brazo de la silla, observando su gratitud por sentarse a la mesa del comedor, que era una antigua mesa de cocina barnizada. Mi madre, cosa increíble, les puso un plato de jamón en lata, y mi padre abrió unas cervezas.

—Debe de ser terrible estar tan lejos de casa —dijo mi madre al tiempo que me ponía la pierna en su sitio de un empujón.

—Estamos muy contentos de estar aquí —dijo el bajito de ojos rasgados que se había presentado como Aza.

El otro, que nos dijo que lo llamáramos Buster, sonreía radiante contemplando la habitación y decía:

—Madre mía, qué casita tan estupenda, y qué gente tan estupenda —mientras se pimplaba la cerveza en dos tragos.

Mi madre sacó una botella de oporto del cajón del aparador y sirvió a todos en los vasitos de cristal que solo usaba en Año Nuevo; bueno, a todos menos a mí. Cuando salió del cuarto para volver sin su delantal —más bien una bata sin mangas—, me serví y bebí medio vaso de un trago antes de que se diera cuenta. De inmediato me sentí atontada, acalorada y alegre. Se me ocurrió pensar que ese tal Aza era muy atractivo, y me sentí poseída por la urgencia de besarle los labios finos y varoniles.

—Dónde está el..., esto —dijo él echando el pulgar hacia atrás.

—¿Te refieres al meadero? —preguntó mi padre con un destello malicioso en la mirada.

Mi madre chasqueó la lengua y se levantó, y Aza se fue detrás. Me pareció que tardaban mucho. Cuando mi madre volvió, vi que estaba despeinada y tenía el pintalabios corrido. Creo que fui la única en darme cuenta. Buster no paraba de zamparse un sándwich detrás de otro mientras mi padre hablaba del frente como si tuviera información de primera mano. Vi a mi madre bajo una nueva y desagradable luz. Con su jersey de ganchillo con escote en pico bien ajustado sobre el enorme pecho y su falda corta de paño pegada a la barriga, parecía tan zorra como Mary Kelly, que vivía en nuestra calle y caminaba piripi del brazo de cualquiera que llevara uniforme. Salí como un rayo del cuarto y me topé con Aza, que justo en ese momento estaba abrochándose la bragueta. Me agarró del brazo, me empujó contra la pared del recibidor —como lo llamaba mi madre— y me metió la mano por la falda. Durante una fracción de segundo tuve una sensación agradable antes de vomitarle encima de la guerrera. Al cabo de un segundo, vi la horrible expresión de su cara antes de correr al baño y vomitar otra vez en la taza del váter. Cinco minutos después, cuando mi madre se asomó a preguntarme: «¿Le has dado al oporto?», yo estaba de rodillas en medio de una arcada. Al final me levanté y le planté cara con los ojos llorosos, aliviada al ver que había recuperado su aspecto normal, el de una madre insoportable.

—Ese americano ha intentado violarme —le dije.

—Cabrón asqueroso —dijo.

Me fui derecha a la cama y caí redonda con el ruido de fondo de los insultos procedentes de la cocina.

—Durante la guerra, un soldado americano me pidió matrimonio —le dije al señor Robson en un momento de abstracción.

—Quizá hizo bien rechazándolo —dijo.

Tomábamos soñolientos nuestro té de la mañana. El calor del radiador, unido al del sol entrando por los cristales, estaba convirtiéndome el cerebro en una nebulosa.

—¿Puedo abrir la ventana? —pregunté.

—Me temo que no es posible. El cordón se ha roto.

—Es que hace tanto calor aquí dentro… —dije.

—Yo lo encuentro muy agradable —dijo con un tono áspero.

—Quizá soy yo, que me siento así —dije conteniendo un bostezo.

—Aún no puede ser la menopausia. —Se rio mientras la piel correosa del cuello se le plegaba como una gamuza.

Al oír la palabra «menopausia», me estremecí.

—Es difícil —dije, y se me quebró un poco la voz.

Me dio unas palmaditas paternales en la rodilla.

—¿Qué decía del americano?

—Ojalá me hubiera casado con él. La gente allí vive mucho mejor. Pero mi madre no me habría dejado porque era demasiado joven.

—Bueno, vivir mejor no lo es todo en la vida —dijo el señor Robson en tono reprobador.

—Supongo que no. —Los ojos se me desviaron hacia su camisa a rayas, su corbata de satén roja y su alfiler dorado—. Lo nuestro no tenía futuro.

—Qué interesante lo que dice —dijo encendiendo un puro.

Cerré los ojos para apreciar mejor el aroma del habano. Evocaba arenas doradas, canoas a la deriva y el mágico nombre de Copacabana.

—¿El qué? —Sentí la urgente necesidad de colocar la cabeza en su hombro y quedarme dormida.

—Que lo suyo no tenía futuro. —Me zarandeó el brazo—. Despierte, querida. Creo que, después de todo, tendré que cerrar el radiador. Bien —dijo después de cerrarlo, ya de regreso a su silla—. No debería pensar que las cosas tienen o no futuro. Es una actitud supersticiosa e indigna de su inteligencia.

—Entonces puede que no sea tan inteligente —dije.

—Por supuesto que sí, de otro modo no estaríamos hablando de estos asuntos. La inteligencia y el conocimiento que desprende es lo que me atrae de usted.

—¿De verdad? —Me enderecé de golpe con los ojos muy abiertos.

—Usted es la dueña de su destino. —Me clavó el dedo índice en un hueso del esternón—. La que decide si lo que le sucede tiene o no futuro.

—No veo cómo podría alterar los acontecimientos —gruñí—. Es tan difícil, joder…

—Chsss, chsss —dijo en tono apaciguador—. Tal vez pueda ayudarla. Venga a verme el domingo y hablaremos de todo ello con calma.

—Entonces, ¿qué pasa con su libro?

—También podrá pasarlo a máquina —replicó—. Mi casa es como la cueva de Aladino, está llena de tesoros.

—Hoy no puedo ir a comer —le dije a Mai.

—Oh —respondió—. Espero que no sea por algo que dije.

—No seas tonta. Es que tengo que comprar una cosa… —Di un manotazo en el aire—. No me da tiempo a comer.

La expresión estúpida y acusadora se le contrajo en una mueca.

—Si quieres, te acompaño.

—Imposible. —Le di la espalda y me dirigí a la señorita Benson—: ¿Qué tal le va a Andrew? —Así se llamaba su sobrino universitario, que no me interesaba en lo más mínimo.

—Creo que empieza a centrarse otra vez en los estudios…

—Eso es maravilloso. —Irradié una sonrisa compasiva y escuché su discurso, bastante largo, con la intención de despachar a Mai—. Espero no haber hecho de Mai una enemiga —interrumpí a la señorita Benson.

—¿Por qué dice eso? —preguntó renunciando al tema de su sobrino como si fuera una patata caliente.

—Está empezando a tomar el mando de mi vida —dije en un lamento.

—Qué graciosa es —dijo la señora Benson—. La verdad es que no sé qué hace aquí. Va demasiado maquillada para una oficina.

Cuando volví a casa por la tarde, Rae me tiró del abrigo antes de que pudiera quitármelo y me dijo que su maestra quería verme para hablar de cómo iba en el colegio, luego Robert me informó de que se le había roto la chaqueta y me preguntó si podía cosérsela justo en ese momento, y por fin Adam declaró que nos habíamos quedado sin patatas. Agotada, me senté y anuncié que estaba pensando en largarme del trabajo porque no podía con todo, y además estaba el señor Robson, que me esperaba en su casa ese domingo para que le mecanografiara unas cosas, pero como no podía soportar la tensión que el asunto creaba, mejor haría en dejar el trabajo.

—¿Y entonces qué? —dijo Adam.

—¿Qué quieres decir con «entonces qué»?

Se encogió de hombros y se alisó el pelo.

—¿Cómo vamos a arreglárnoslas?

—Puedes empezar a cobrar el paro, como todo el mundo. Seguro que sobrevivimos.

—¿Qué es el paro? —preguntó Robert.

—Un dinero que te dan.

—No me lo creo —dijo Rae—. Si no, ¿por qué no hemos ido antes a que nos lo den?

—Tienes que ser muy pobre y no poder trabajar, y solo te dan lo necesario para comprar pan y carne en lata y para llevar la ropa y los zapatos viejos de las tiendas de harapos.

—¡Basta ya! —dijo Adam—. No le hagáis caso. Si vuestra madre quiere largarse del trabajo, yo encontraré uno. No os preocupéis.

—Me alegro de oír eso —dije—. Mientras tanto, ¿queda algo para comer?

—Un poco de jamón en lata de hace días y algunos tomates aplastados —dijo Adam.

—Si miras bien, encontrarás unas salchichas en el armario. ¿Crees que serás capaz de freírlas? Así por fin podremos comer pan con salchichas. Entretanto, voy a tumbarme un poco en el sofá.

Al rato me despertó Rae con la comida y una tetera en una bandeja.

—Papá cree que deberías seguir trabajando —soltó.

—¿Por qué?

Los sándwiches gordos me parecieron deliciosos, y el té, de lo más refrescante.

—Porque necesitamos golosinas —aclaró.

—Creo que lo mejor es que sigas yendo a trabajar —dijo Adam—. El lunes iré a la fábrica de papel, a ver. Creo que me cogerán…

—Así que, mientras tanto, tengo que seguir me guste o no.

—Nadie te está obligando. Haz lo que quieras.

—Exacto. Eso es lo que pienso hacer.

Me retiré al baño para pasar un rato poniéndome todo el maquillaje que pude reunir.

—¿Vas a salir? —preguntó Adam cuando nos cruzamos por las escaleras.

—He quedado con mi amiga Mai —improvisé. No tenía intención alguna de ir a verla. Era solo una excusa.

—Te refieres a la que…

—Sí, a esa.

—No me gusta cómo va.

—A mí tampoco me gusta cómo va tu amigo Brendan y tengo que aguantarme. Asegúrate de acostar a los niños antes de que vuelva.

—¿No pretenderás dejarme otra vez con los niños? —dijo Adam espantado.

—¡Por el amor de Dios, también son tuyos!

—No puedo soportarlos ni un minuto más.

—No me cabe duda de que Brendan vendrá a consolarte en este momento tan difícil.

—Al menos déjame para un trago.

Puse unas monedas sobre la mesa con un mohín contenido y salí con la esperanza de mostrar un aire resuelto. Ya en la calle, tuve un fugaz pensamiento sobre la casa del señor Robson, pero por prudencia decidí no acercarme hasta allí. Al fin y al cabo, no era domingo. Esperé en la parada del autobús sin saber lo que iba a hacer. Cuando llegó uno, subí de un salto con una sensación de alivio y me senté junto a una mujer gorda y feliz que de inmediato entabló una conversación sobre los pecadillos de los autobuses y sus conductores, que escuché con profunda gratitud. Esta se tornó en desaliento cuando llegué al final del trayecto. La mujer feliz se volvió para despedirse con un gesto. Tuve que alejarme con cierta prisa para causar buena impresión. En realidad, no sabía adónde iba. Estuve deambulando durante veinte minutos, evitando las miradas de los hombres solitarios que circulaban por la ciudad sin propósito, como turistas en una excursión no programada. Dueña de mi destino, me repetía con desdén. Un gesto a cualquiera de aquellos caminantes erráticos y podría acabar flotando en el río bocabajo. Con una temeridad de lo más innecesaria, me había gastado el dinero en un billete de autobús cuando bien podía estar en casa compartiendo la botella con Adam bajo el desasosiego de mi propio hogar. Luego me acordé de que llevaba la dirección de Mai en el bolsillo de la chaqueta. Con algo parecido a un destello de alegría, saqué el papelito y ahí estaba: M. Paterson, calle Angelio, número 12. Me gustó lo de Angelio. Sonaba romántico.

Resultó que vivía en lo alto de un bloque de tres pisos oscuro y sórdido que me recordó al apartamento que compartimos con el hermanastro de Adam los primeros años de casados. Aunque la placa con su nombre llevaba el título de «señora» para engañar a los vecinos, seguro que no engañaba a nadie. Tardó un poco en abrir la puerta, aunque yo sabía que estaba en casa. Se oía llorar al bebé. Abrió con el niño en brazos y una expresión desolada.

—Ah, eres tú —exclamó, y se le iluminó la cara—. Pasa. Ha estado llorando desde que llegué.

La seguí hasta un cuarto y me senté en un diván demasiado blando junto a la cuna.

—Qué bebé tan guapo —dije mirando su carita deformada por la rabia—. ¿Cómo se llama?

—Anthony —respondió mientras lo paseaba de arriba abajo, sacudiéndolo en vano.

Me pregunté cuánto tiempo debía esperar allí sentada en aras del decoro.

—Me alegra que hayas venido —dijo cuando yo ya estaba en el borde del diván, dispuesta a levantarme.

—Deja que lo coja —dije sin querer—. A lo mejor un cambio de brazos sirve de algo.

Me tendió al niño, que al momento, por estupor o sorpresa, dejó de llorar. Estaba gordito y blando como un lechón y olía a leche agria. Me agarró del pelo y balbuceó un poco.

—Oh, qué maravilla —dijo Mai—. No puedo hacer nada con él.

Puse a Anthony a caballito sobre las rodillas mientras Mai preparaba un té flojo con leche y unas natillas, me dedicaba cálidas sonrisas y parloteaba sobre el peso y los dientes de Anthony y cosas así. Para mantenerme despierta, me concentraba en el cuadro de dos bailaores de flamenco pintados con números que colgaba en la pared detrás de su cabeza.

—Come otra galleta —dijo.

—No, gracias. No tengo hambre. ¿Te importa que te dé a Anthony? Creo que me ha empapado.

—Ay, qué bicho. —Se rio Mai—. Siempre hace lo mismo.

—¿Tienes algo de beber? —pregunté una vez que pude librarme del bulto mojado.

—¿De beber? ¡Ah, de beber! Lo siento, no tengo nada.

—No importa —dije en tono despreocupado—. En fin, me temo que no puedo quedarme más. Solo estoy de paso.

—Ay, qué pena. Estaba tan harta. Me moría por hablar un poco con alguien.

—Bueno, venga, habla —dije tragando un sorbo de té tibio con leche—. Puedo quedarme media hora.

—Qué bien. Un momento, que voy a cambiar a Anthony.

—¿Cambiarlo para qué? —dije mientras Mai salía corriendo y me dejaba allí sola con los bailaores de flamenco.

Volví a hundirme en el blando diván, tratando de crear en mi mente la impresión de estar avanzando hacia un objetivo que se me escapaba una y otra vez. Mi vida parecía un vacío de inexistencia desesperada. Seguro que había una razón por la que estaba sentada en el diván blando de una mujer con la que no tenía nada en común, una razón por la que me había casado con un hombre que casi siempre era mi enemigo y una razón por la que era madre de dos hijos que me limitaba a tolerar. Y Brendan, sí, también estaba Brendan. ¿Qué era para mí? ¿Un amante? ¿Un aliado? ¿O una simple distracción, con su mirada azul y expresiva que lo veía todo, o quizá no veía nada? Presa del pánico, pensé que debía liberarme de todo aquello.

Entonces entró Mai.

—Creo que está a punto de dormirse —susurró—. Ahora ya puedo relajarme. —Se sentó a mi lado, jadeando exhausta como una corredora de fondo.

—Entonces, ¿adónde vas? —añadió después de dos minutos en silencio.

—A ninguna parte —dije.

—Ah, creí que estabas de paso.

—Estoy de paso a ningún sitio concreto. Solo quería salir, pero no sabía muy bien adónde. Ya ves.

—Pobrecita —dijo Mai con una expresión de lo más anodina sin maquillaje—. Sé cómo te sientes.

—No suelo sentirme así, pero a veces Adam me saca de quicio. Ya sabes cómo es vivir con alguien…

—¿Me lo dices o me lo cuentas? Viví con alguien seis meses…

—¿Y qué pasó? —Ahora que nos habíamos librado de Anthony me sentía mejor.

—Ya te lo dije. Se largó cuando me quedé embarazada.

—Qué cerdos son los hombres —dije.

—Pues… ¿sabes que tu Adam me gustó un poco? —Soltó una risita.

—No me sorprende —dije con una sonrisa amable—. A muchas mujeres les pasa lo mismo.

—Pero nada serio, ¿eh? —me aseguró—. Como cuando te gusta un actor, solo…

—¿Una fantasía?

—Sí, una fantasía. —Soltó otra risita—. ¡Qué fuerte, decirle a alguien que te gusta su marido!

—No te preocupes —dije con un guiño—. Estoy tratando de librarme de él.

Después de eso, nos reímos y bromeamos un rato hasta que empecé a sentir que la visita me había sentado bien, hasta el punto de invitar a Mai a casa un sábado que le viniera bien, y decirle que podía llevar a Anthony. Cuando me fui, salió al descansillo con el niño en brazos.

—Dile adiós a tía Betty —dijo.

Él escondió la cabeza en el hombro de su madre y empezó a chillar. En el autobús calculé si me llegaba para una botella pequeña de jerez, que me bebería a solas en el baño. Me gustó la perspectiva de volver a casa.

6

—Muy guapo, pero vaya pieza —dijo mi madre de Adam.

—Al menos es guapo —repliqué.

—Deja al chico en paz —dijo mi padre—. Podría haber elegido peor.

—Su familia era para echarle de comer aparte —dijo mi madre—. El primer marido de su madre acabó colgándose.

—Bueno, pero no tenía nada que ver con Adam —objeté.

—Pues cuentan que fue ella la que lo indujo.

—Pues al padre de Adam no logró convencerlo.

—Bueno, pero era un hombre grande y cada viernes se bebía un cubo entero él solo —dijo mi madre—. Cuando volvía del pub, Adam tenía que esperarlo abajo para subir con él por las escaleras hasta casa. Vaya enclenque que era entonces Adam. Daba lástima verlo.

—Yo de eso no me acuerdo —dije.

—Claro, porque era mucho mayor que tú. Además, no te dejábamos andar por ese barrio de gentuza.

—Pues yo me tomé muchas con el viejo de Adam y era un hombre inteligente que había estudiado. Lo gasearon en la primera guerra. Me contó que leía mucho y creía en el comunismo, pero no en los del partido.

—Así que comunista. —Resopló mi madre—. No sé cómo no me di cuenta.

Mi padre se quitó las gafas de Woolworth's y las sacudió delante de mi madre.

—No te hagas la pedante con el viejo de Adam. Escribió muchas cartas a los periódicos diciéndole al Gobierno lo que se merecía.

—Sí, y nunca fui capaz de entender ni una palabra —dijo mi madre.

—No sé por qué me molesto en venir a veros. Siempre estáis discutiendo.

—Y supongo que Adam y tú nunca discutís.

—No tanto como vosotros.

Eso era verdad, pero no quise mencionar los pesados y taciturnos silencios que flotaban en el aire como una densa niebla al principio de estar casados. Solo cuando empecé a beber con Adam se me desató la lengua.

—De todos modos, el viejo de Adam me hizo una carta muy bien escrita cuando me despidieron de la fábrica de salchichas Langton's y los de la inspección de medios económicos no nos dieron ni un céntimo —dijo mi padre—. Después de enviarla, un tipo nos llamó y nos dio dinero.

—Diez chelines —dijo mi madre.

—Si no hubiéramos escrito, nos habrían jodido bien.

—Yo hablé con él cuando se estaba muriendo y creo que le caía mal.

—¡Dios bendito! —dijo mi padre—. Pero ¿tú qué te crees? Si tienes cáncer, todo el mundo te cae mal.

—Bueno, pero siempre fue un hombre arisco, ya desde antes del cáncer —dijo mi madre—. Y sé de sobra que no le caía bien.

—A mí me decía que no tenía personalidad —dije.

—¿Ves lo que quiero decir? —dijo mi madre—. Es lo que pasa cuando tu hija se casa con alguien por debajo de sus posibilidades. La intentan hundir a su nivel.

—No le faltaba razón —dije—. En esa época no tenía personalidad.

—Anda ya —dijo mi padre—. Lo de la personalidad es una manera más suave de referirse al descaro, y tú de eso siempre has ido sobrada.

Le pedí a mi madre que me prestara cinco chelines hasta que cobrara.

—Me he dado cuenta de que ya solo vienes por aquí cuando necesitas algo. —Resopló.

—Dale los cinco chelines, por el amor de Dios —dijo mi padre—. Es tu hija, no una mora de mierda.

—Ni una comunista de mierda —añadí.

—Mientras no sea para darle a la botella... —dijo mi madre rebuscando en la cartera.

—¿A la botella?

—Te han visto en la tienda.

—No creo que nuestra Betty se lo gaste en bebida cuando tiene dos bocas que alimentar —dijo mi padre.

—Fui a la tienda a comprar para Adam, no para mí.

Mi madre levantó los brazos al cielo.

—¿Ves lo que te digo? ¡La manda a comprar bebida!

—Al menos no se pone fino en el pub —dije acalorada—. No vamos a arruinarnos por comprar de vez en cuando alguna botella de jerez.

—No hay nada malo en irse al pub a tomar una cerveza con los colegas —dijo mi padre levantando el periódico—. Lo que no soporto son los bebedores furtivos.

—Si habéis acabado con vuestros comentarios insidiosos, me voy… A menos que quieras que te devuelva el dinero por si me lo gasto en vino —le dije a mi madre.

—Mientras me lo devuelvas, me da igual lo que hagas con él —respondió.

Me acompañó al rellano y se quedó allí quieta, con los brazos cruzados, mientras yo cerraba la verja del jardín comunitario, tan pulcro como un sello postal gigante.

—Dale recuerdos a Adam —dijo, seguramente por si la oían los vecinos.

Con los cinco chelines compré jerez. No mucho, solo una botella pequeña, pero tal vez llegara para apaciguar a Adam, que últimamente casi no me hablaba.

—¿Te estás dando a la bebida? —me preguntó.

—Si no puedes con tu enemigo, únete a él.

Hice un gesto de saludo ante su vaso con todo el aplomo del que fui capaz y, después de la primera copa, empecé a enrojecer y a parlotear. Cuando arrancó a hablar sobre el inevitable tema de sus días en el Ejército, lo interrumpí.

—¿Y qué pasó con aquella que conociste en Italia?

—¿Quién?

—Aquella Christina.

—¿A qué viene eso?

—Es que me he acordado de cómo hablabas de ella antes de que nos casáramos. Desde entonces no has vuelto a mencionarla mucho.

—¿En serio? ¿Y qué decía?

—Pues me pareció que tuviste algo importante con ella. Contaste algo así como que la ayudaste a trepar por una puerta y luego le metiste la mano por la falda.

—Si hubiera sabido que tendría que cargar con esto, ya te digo que me habría quedado calladito —gimió Adam.

—Bueno, pues resulta que no te callaste, así que venga, cuéntame otra vez la historia.

—Pero si no hay nada más que contar. Saltamos la valla, caímos en la hierba y luego hice lo que hacen todos.

—Cuéntamelo con detalle.

—¿Eso es lo que te pone?

Dejé el vaso vacío y me deslicé sobre sus rodillas.

—No sé, cuéntamelo y así podré averiguarlo.

Le acaricié el pelo y lo besé en los ojos mientras él entraba en detalles muy gráficos.

—Eres un cabrón —dije cuando acabó.

—Me lo he inventado para complacerte.

—Mentira. —Le golpeé el pecho con los puños.

—¡Por Dios! ¿Qué esperabas, chiquilla? Fue antes de conocerte. En la guerra.

—Siempre la guerra. —Estaba llorando, pero algo dentro de mí lo disfrutaba.

—Te quiero solo a ti —dijo—. Ven a la cama y te lo demostraré.

Eso hice.

A veces la vida te sorprende. Esa noche Brendan no vino. Adam y yo nos fuimos al pub si no del brazo, al menos en armonía, aunque durante esa fase siempre estábamos en armonía. Pasamos media hora sentados, jugueteando con la cerveza y esperando a Brendan. Consideramos una injusticia empezar a pimplar antes de que llegara; además, él siempre pagaba la primera ronda. Hablamos del calor, de la cerveza sin espuma, del tiempo... hasta que nos rendimos. El estudio sobre la conducta humana en animales me vino a la mente: un asunto prometedor, pero peligroso. Lo dejé pasar.

—¿Qué demonios le habrá ocurrido? —dijo Adam.

—Tampoco está obligado a venir —señalé.

—No es propio de él.

—A lo mejor tenía otras cosas que hacer.

—¿Brendan? ¿Otras cosas que hacer? Sin nosotros está perdido.

—Pero no es normal. Ni siquiera tiene nuestra edad, y se nos pega como si fuera nuestro hijo. Me pregunto cómo lleva el sexo —dije pensativa.

—Pues como todos los hombres cuando no lo practican.

Noté la voz de Adam llena de amargura.

—Quizá su madre esté enferma.

—Quizá. —Adam se acercó a la barra y volvió con dos vasos pequeños.

Fruncí el ceño cuando posó uno de ellos delante de mí.

—¿Qué pasa? ¿No quieres?

—Deberíamos habernos quedado en casa. —La visión de nuestra casa me resultó aún más deprimente.

—Pensaba que tenías ganas de salir —dijo Adam, observándome como un halcón. Tenía la cara demacrada, y las antiguas marcas de acné de la adolescencia le daban un aire de víctima de la viruela. Tal vez era por culpa del ángulo de luz del fluorescente.

—Nunca se sabe qué andarán tramando los niños.

—Entonces, volvamos a casa.

Entrecerré los ojos y miré alrededor, a las mesas ocupadas.

—Los pubs son lugares solitarios —declaré.

—¿Solitarios? Ay, Dios…, ¿y qué más?

—No me digas que son acogedores. Nadie habla con nosotros nunca salvo Brendan.

—Bueno, porque la gente anda a sus cosas —dijo Adam.

—¿Por qué molestarse en venir a beber si solo andas a tus cosas? —Dediqué una ancha sonrisa a la mujer de la mesa de enfrente, que se quedó mirándome y, un segundo antes de volverse hacia su acompañante, vi cómo se le formaba un ligero pliegue en los labios.

—Venga, pues nos vamos —dijo Adam. Se acabó la cerveza, se levantó y se dirigió hacia la puerta.

Me quedé parada un segundo y luego, consciente de la ignominia de parecer rechazada, salí corriendo tras él.

Al abrir la puerta trasera de casa, vimos a Brendan de pie en la cocina, apoyado en la pared. Los niños estaban sentados en las sillas, observándolo como si diera un espectáculo. Nosotros también nos pusimos a observarlo. Algo andaba mal.

—Mirad los pantalones de Brendan —dijo Robert señalándolos.

Los miramos. Tenía un bajo roto y el tobillo a la vista parecía ensangrentado.

—¡Tu traje nuevo! —exclamé.

—¿Te has peleado con alguien? —preguntó Adam.

—Está destrozado —dijo Brendan—. Y ni siquiera he pagado el primer plazo.

—A lo mejor te lo puedo coser. ¿Qué ha pasado?

—Un puto perro. Una rata despiadada que salió de no se sabe dónde y se abalanzó sobre mí. Me mordió los tobillos antes de que pudiera esquivarlo. ¡Mirad!

Los dos miramos.

—Tampoco es el fin del mundo —dijo Adam jocoso, echando un vistazo a la botella que Brendan había dejado en la mesa.

—Tendrás el tobillo hecho polvo, con toda esa sangre —dije.

Brendan sonrió mientras lo examinaba. Me alegré de haberlo animado un poco.

—No es mi sangre, sino la del perro —dijo—. Le di una patada en la cabeza y lo lancé por encima del seto. Está muerto.

Adam y yo nos miramos con la boca ligeramente abierta.

—Cerdo asqueroso —dijo Rae con la cara descompuesta.

—No seas una zorra estúpida —dijo Robert a su hermana—. Era un perro grande y lo atacó.

—¿Era un pastor alemán? —preguntó Adam.

Brendan reflexionó durante un minuto.

—No, no era un pastor alemán, sino uno de esos perros pequeños, blancos y peludos. —Hizo una mueca—. ¿Cómo se llaman?

—¿Caniches? —sugerí.

—Igual —dijo volviendo a examinar los bajos del pantalón.

Adam abrió la botella y sirvió tres vasos. Al fijarme en los pantalones desgarrados de Brendan, que dejaban a la vista unas piernas blancas y rechonchas, me estremecí.

—A lo mejor puedes coserlos para que mi madre no se entere —dijo Brendan—. Se va a poner hecha una furia. —Me lanzó una de sus miradas azules y expresivas.

—Cósetelos tú —dije esperando que Adam se entrometiera para regañarme, pero no dijo nada, sino que preguntó:

—¿No crees que te has pasado matando al perro? Una patada vale, puedo entenderlo, pero...

—Me destrozó el traje —zanjó Brendan con firmeza.

—Ya no me gustas. Eres cruel con los animales —dijo Rae.

—¿Y tú, que le tiras piedras al gato del vecino? —le dije.

—Pero nunca lo hemos matado —dijo Robert—. Siempre fallamos adrede.

Rae se fue hasta el armario y sacó una botella con cuatro dedos de leche.

—Voy a darle de comer al gato, y más te vale no tocarle un pelo —dijo señalando a Brendan.

—No nos queda más leche —le dije, pero ya había salido con Robert detrás.

Brendan parecía triste.

—No lo entienden.

—Nosotros tampoco —dijo Adam.

—Olvidémoslo —dije yo, y entonces le prometí a Brendan que le cosería los pantalones más tarde.

—Gracias, Betty, qué buena gente eres. —Sonrió Brendan.

—Debes de haberle dado una señora patada con la bota para haberlo matado —dijo Adam pensativo.

—¿Y tú, cuando disparaste a un piloto alemán que salía del avión? Mataste a un hombre. Eso fue peor —dije.

—Es distinto —dijo Adam—. Eso fue en la guerra. La mitad del tiempo no sabíamos lo que hacíamos.

—Sí, claro —asentí con desdén—. Sigue habiendo una gran diferencia entre un hombre y un perro.

Aun así, necesité un par de tragos más para poder mirar a Brendan a la cara.

Cuando por fin fui capaz, le dije que fuera al baño a limpiarse el tobillo y que lo sentía, pero acababa de recordar que no tenía hilo. Se levantó arrastrando el pie a trompicones.

—Vaya panorama —dijo Adam.

—Me da repelús que haya matado a un perro de ese modo.

—Lo más probable es que se le haya ido la cabeza.

—Ya sé que se le ha ido la cabeza, pero aun así, me da repelús.

—¿Tienes yodo? —preguntó Adam.

—No, no tenemos —gruñí malhumorada.

—Pues estoy seguro de que hilo sí que había.

—Te juro que no voy a tocar esos pantalones tiesos de sangre de perro. No voy a tomarme la molestia. Entre una cosa y la otra, ha sido una noche asquerosa.

—Pues beber de su botella no te ha dado ningún repelús.

—Si tengo que aguantaros a él y a ti, ya puedo ir acabándomela. —Desafiante, me serví un vaso.

—Tranquilízate —dijo Adam.

Le tendí la botella y se sirvió con el gesto de alguien que se limita a cumplir una tarea por educación.

—Además, el tío tiene derecho a que se le vaya la cabeza de vez en cuando —añadió—. La mayor parte del tiempo la vida no lo trata muy bien.

—¿Y a quién sí? Eso no significa que vayamos por ahí pateando a muerte a los perros.

En ese momento Brendan entró en el cuarto.

—¿Ya estás mejor? —preguntó Adam.

Extendió el pie. No se veía nada. La tela rota estaba sujeta con unos alfileres.

—Me ha mordido un poco… Espero que no sea venenoso.

—Estoy intentando olvidarme del tobillo —dije con frialdad—, así que mejor cambiamos de tema.

—Está de mal humor —dijo Adam—. Seguro que son esos días del mes…

Brendan me miró perplejo.

—Venga, tómate un trago —le dije para evitar más complicaciones.

—¿Sigues enfadada conmigo? —me preguntó Brendan más tarde, mientras Adam estaba en el baño. Entonces hizo algo extraño. Se arrodilló con una sola pierna y me besó la mano—. Por favor, perdóname —dijo—. No soporto que estés enfadada conmigo.

Le besé la coronilla. Tenía el pelo grueso y grasiento, muy distinto del de Adam, que le crecía muy fino.

—Claro que no estoy enfadada. ¿Cómo podría estarlo con mi Brendan en esa postura de adoración?

—Ya veo que os habéis reconciliado —dijo Adam al entrar. Su voz sonó finamente sarcástica.

Brendan se levantó con torpeza. Yo le hice un gesto a Adam llevándome el dedo a la sien, como para decirle que estaba siguiendo el rollo a un imbécil.

El domingo por la tarde me senté en el estudio del señor Robson y miré alrededor desconcertada. Sin duda era un hombre desconcertante. Las paredes de su estudio estaban decoradas con fotografías por todas partes, algunas enmarcadas y otras colgadas con una simple chincheta. A ojo, calculé que habría más de doscientas.

—Son recuerdos —dijo.

—¿Su mujer...? —me sentí obligada a preguntar.

Señaló una enmarcada de las más anchas. La figura tenía unos rasgos indistintos, como si estuviera en una de las primeras películas mudas: ojos borrosos, pelo tupido...

—Era una mujer muy guapa —dije.

—No mucho —dijo él—. En realidad, era bastante corriente. —El dedo se alejó rápido de su mujer para apuntar a la imagen de un hombre de mirada resuelta.

—¿Su hijo?

—No tengo familia. No me gusta nada verle la cara en sueños, pero me siento obligado a recordarlo. Acabó en la horca, ¿sabe?

—En la horca —repetí.

—Fue hace mucho tiempo. Yo era su abogado, uno de mis primeros casos, pero mi compromiso solo era una formalidad. Cortó el pescuezo a sus padres y su hermana pequeña mientras dormían. Intenté que lo declararan demente, pero como su inteligencia era más que obvia, la táctica no resultó. —Suspiró el señor Robson—. Me caía bien. Como ya he dicho, era muy inteligente, y no me sucedía a menudo tratar con gente inteligente.

—Pero lo que hizo fue espantoso.

—Estoy de acuerdo, pero no es razonable pretender que todos seamos razonables o racionales. De vez en cuando, la mente se bloquea por un motivo en apariencia trivial. Puede compararse con la aparición repentina de una espinilla en la cara. No nos gusta, pero ahí está.

—Quizá tenía una espinilla en el cerebro —dije intentando meter una débil punzada de humor en la conversación.

—Quién sabe, querida. Es una comparación muy buena, pero en su caso la espinilla se desvaneció nada más salir, y no dejó ninguna huella de perturbación en la mente del hombre, lo cual fue su desgracia.

Nos quedamos un momento considerando la mirada resuelta del hombre ahorcado, y luego el señor Robson se quitó las gafas para limpiarse los cristales con un trapito amarillo y gran tesón mientras decía:

—Antes de empezar, me pregunto si sería tan amable de tomarse una infusión conmigo. Tiene un gusto delicioso y es muy beneficiosa para la salud.

Le dije que me encantaría, sobre todo porque quería huir de todas aquellas fotografías.

—Vayamos a la cocina. Es mucho más acogedora.

La cocina estaba decorada con azulejos brillantes y equipada con muebles relucientes. Podría haberme pasado el resto de mi vida rodeada de aquel esplendor donde todo estaba en su sitio. Con movimientos limpios y precisos, el señor Robson dispuso las tazas con sus platillos, seguramente de porcelana, en una pulida mesa junto a la ventana. Sirvió la infusión, sin duda preparada de antemano, en una tetera de plata, acompañada de dos galletas digestivas para realzar la ceremonia. Aunque no era muy aficionada a las infusiones, cuando me preguntó qué tal estaba respondí que muy bien.

—Hay gente a quien le cuesta acostumbrarse al sabor —explicó—. Lo mismo sucede con la música, la poesía, la pintura y todas las obras de arte.

Pensé que se excedía un poco sobre algo que, al fin y al cabo, era solo una infusión.

—Sé lo que quiere decir —dije—. Al principio no me gustaba Beethoven, pero después de escucharlo unas cuantas veces, empecé a disfrutarlo muchísimo.

Era una declaración del todo inventada, puesto que yo, si podía evitarlo, nunca escuchaba música clásica. Cambié de tema lo antes posible para no darle ocasión de disertar en torno a Beethoven.

—Tiene una casa preciosa.

—Es modesta, pero muy tranquila —admitió.

La comparé con nuestra casa, con sus muebles destartalados y llenos de manchas y sus alfombras raídas.

—Sí, muy tranquila.

Me apresuré a tragar el último sorbo de infusión y lo miré expectante, a la espera de lo siguiente, pero él tenía la mirada perdida en la ventana.

—Cuando mi mujer vivía era distinta. Todo era floreado y con volantes. Con los años, la he amueblado a mi gusto.

—Ya imagino —dije—. ¿La echa de menos?

—¿A quién? Ah, claro, a mi mujer. Sí, supongo que al principio sí. Ahora estoy bastante feliz de estar solo. Así hago lo que quiero. Bueno, tampoco es que haga gran cosa a mi edad —dijo con un guiño.

Incómoda, solté una risita nerviosa.

—Aun así, qué bien que esté…

—Sí, ¿verdad? —Sonó como si se hubiera aburrido del tema—. ¿Pasamos al estudio?

Me levanté de un salto, deseosa de moverme, pero me sentía más incómoda con el señor Robson en su casa que en la oficina, seguramente por aquel entorno tan extraño. Me dio unas hojas llenas de datos sin ningún sentido para que las mecanografiase;

o, si tenían algún sentido, eran aburridas en extremo, como un estudio hecho por un trabajador social sobre varios pacientes; pero, puesto que se trataba de un estudio sobre la conducta humana, así tenía que ser. Mecanografié tres informes sobre unos individuos llamados John, Timothy y Maurice. Me entretuve un poco donde decía que Maurice presentaba aberraciones sexuales similares a las descubiertas en los ratones blancos a los que inyectaban hormonas.

—Suena gracioso —dije en voz alta, y me pregunté cuánto me pagaría por aquel papelorio.

La comida fue otra formalidad que tuvo lugar en la cocina con el señor Robson. La ensalada de pollo y la remolacha hervida estaban muy ricas, pero compartirlas con él me dio claustrofobia.

—¿Le gustaría ver mi jardín? —preguntó con voz tímida a la vez que ansiosa.

—Me encantaría —dije deseando tomar un poco el aire.

Contemplé los metódicos parterres de flores con apropiadas exclamaciones de admiración.

—Se me ha ocurrido que usted sería un sujeto de estudio maravilloso para uno de los capítulos del libro —me dijo con una palmadita en el hombro.

—¿De verdad? —Di un paso atrás llevada por el asombro y hundí el tacón en la tierra—. ¡Oh, Dios mío! —dije mirando el agujero que había hecho.

—No se preocupe. El jardinero lo arreglará enseguida.

—¿Tiene jardinero?

—Sí, pero lleva tres semanas de baja por lumbago, un mal común en su oficio. Espero que vuelva la próxima semana. De todas maneras, solo viene un par de días.

—Un jardinero… —repetí—. Me pregunto si…

—No se preocupe por el jardín —atajó impaciente—. Como le decía, creo que usted sería un sujeto de estudio maravilloso.

—Sí, señor Robson, sé lo que ha dicho, pero ¿qué significa exactamente?

—Bueno, no sería nada doloroso. —Se echó a reír con ganas—. Yo le hago unas preguntas y usted me da una serie de respuestas sencillas de las que extraigo ciertas conclusiones.

La expresión «aberraciones sexuales» aún me rondaba la mente.

—¿Tendría que tomar drogas o ponerme inyecciones?

Esta vez se rio a carcajadas.

—Querida, no soy lo que se dice el doctor Frankenstein. Por supuesto que no. Las preguntas no serían en absoluto embarazosas, pero a veces trabajo a ciegas, por así decirlo, con las conclusiones femeninas, y todos los datos de ejemplares hembra que recabé en el pasado nunca llegaron a ser concluyentes por razones en las que no voy a entrar. En fin, ¿qué me dice? Le pagaré una cifra adecuada, por no decir generosa.

—Si no le importa, señor Robson, tendré que pensármelo.

—Por supuesto, querida. Tómese su tiempo. Ya estoy muy contento con que pueda pasarme los informes a máquina.

Antes de regresar al estudio, le dije:

—Por cierto, si se queda sin jardinero, sé de uno que podría venir. —Sin darle tiempo a abrir la boca, dije a toda prisa—: Es de confianza, fuerte y muy bueno en su trabajo. Además, no le cobraría mucho. —No tenía ni idea de lo que cobraba Brendan.

—Bueno, el chico que suele venir… —empezó a decir el señor Robson.

—Sería solo hasta que él se recuperara.

Me echó una mirada inquisitoria.

—Ese jardinero... ¿no será por casualidad su amigo Brendan?

—Sí. —Pergeñé una mirada cándida de ojos grandes.

—Entiendo.

Se adelantó para conducirme al estudio, metiendo los pies un poco hacia dentro. Al ser más alta que él, reparé en su doble remolino, visible a pesar de la calva brillante y el fino cabello. Yo también tengo uno, que mi madre siempre declaraba portador de mala suerte. Me senté a la mesa junto a la pila de papeles. El señor Robson echó una ojeada a los papeles que había mecanografiado.

—Se las apaña muy bien —dijo.

—Es un trabajo interesante.

—¿Encuentra interesantes a los sujetos de estudio? —preguntó anhelante.

—Muy absorbentes —dije—. De hecho, la parte de Maurice, el de las aberraciones sexuales, me ha parecido fascinante, aunque me habría gustado tener más tiempo para leerla en profundidad —añadí.

—¿En serio? —dijo el señor Robson. Me dispensó una mirada de aprobación como si hubiera descubierto a una alumna aventajada—. ¿Qué es lo que encuentra fascinante?

—Pues no lo sé muy bien. —Me callé y, al cabo de un instante proseguí—: Creo que Brendan tiene aberraciones sexuales.

El señor Robson sopesó la información para, acto seguido, declarar:

—Por lo que me ha contado, no me sorprende, pero en fin, la mayoría de nosotros las tenemos —dijo dándome una palmadita en el hombro.

—Tal vez —dije con un movimiento para librarme de su mano vieja y cálida—. Pero es posible que algunos tengan más que otros.

—Dígale que me llame a cualquier hora después de las seis —dijo el señor Robson—. La maleza empieza a campar por todas partes.

Le di las gracias y, a continuación, le dije que había algo que me rondaba la mente y me resultaba tan perturbador como embarazoso.

—Suéltelo, querida. Conmigo no debe avergonzarse.

—Las mujeres de la oficina empiezan a murmurar.

—¿A murmurar? ¿Quiere decir sobre nosotros?

—Bueno, sobre todo una —dije parpadeando varias veces—. Creo que trata de sacar algo del hecho de que yo venga a su casa a mecanografiarle sus cosas.

Los pequeños ojos del señor Robson centellearon un segundo.

—¿Un viejo como yo y una joven atractiva como usted? Qué halagador. —Me revolvió el pelo, lo cual me resultó de lo más irritante.

—Pues no deja de ser bastante molesto.

—¿Quién es la que propaga los rumores?

—Una que se llama Mai, con la cara muy pintada y el pelo negro.

—¡Esa! Uf, bueno, no me cae bien, me parece una mujer de la calle.

—Tal vez sería un buen sujeto de estudio —dije con gesto pícaro.

—No tiene profundidad. No serviría para nada. Además, no podría confiar en ella igual que confío en usted.

—En realidad, no es mala persona —dije—. Lo que pasa es que le gusta provocar situaciones.

—En otras palabras, una agitadora —dijo con severidad—. No podemos tenerla entre nosotros.

—Por favor, no la despida —dije inquieta—. Tiene un bebé y…

—¡Una madre soltera! —dijo el señor Robson escandalizado.

—Por favor, no deje translucir que he sido yo quien se lo he dicho. Me da mucha pena…

—Es usted demasiado sensible, querida.

Salió del estudio y seguí mecanografiando un par de horas. Luego me llamó para que fuera a su habitación, un cuarto sencillo con una cama de matrimonio cubierta por una gruesa colcha de brocado, una cómoda y un enorme biombo. Me acarició el pelo, la cara y el pecho unos minutos y luego se escondió tras el biombo. Me senté en el borde de la cama mientras oía unos débiles jadeos, y luego un gemido de dolor, pero como no estaba involucrada en el asunto, consideré que no me incumbía y que había salido bien parada.

Asomó de detrás del biombo bastante compuesto y me preguntó si podría volver al domingo siguiente después de darme un billete de diez libras.

—Por supuesto, señor Robson —dije—. ¿Y qué hay de Brendan?

—Que venga sin falta —dijo.

A la hora de comer no se veía a Mai por ninguna parte. No sentí la menor sorpresa ni curiosidad al respecto. Qué alivio, pensé. En lugar de comer con ella, podría ir a ver a la señora Rossi. Quién sabe, igual le apetecía echarme las cartas.

—Siéntate —me dijo.

Pensé que parecía bastante hosca, pero Poppy me dirigió una mirada cómplice que me infundió ciertos ánimos al traerme la bandeja de plata con sus accesorios —galletas incluidas, aunque yo habría preferido un sándwich—.

—Ya está todo, cariño —dijo la señora Rossi.

Poppy me guiñó un ojo antes de marcharse. Me habría gustado corresponderle, pero la señora Rossi estaba vigilándome.

—Zorra impúdica —dijo cuando Poppy cerró de un portazo.

—Entonces, ¿por qué la tiene como empleada? —pregunté.

—Es mi sobrina. Me gusta que todo quede en familia. ¿Has venido a verme por algún motivo en particular?

—Me preguntaba si podría leerme las cartas para averiguar si me aguarda algo bueno en el futuro. Me siento como si estuviera atravesando un pozo muy negro.

Se inclinó para escudriñarme y dijo:

—Veo que tienes un pico de viuda en la frente.

—¿Es algo significativo? —pregunté.

—Podría serlo.

—¿Y por qué cree que es significativo?

—Madre mía, se te dan bien las preguntas. —Se llevó el dedo índice a los labios y cerró los ojos. El efecto fue impresionante. Abrió los ojos de repente, captando mi fascinación al contemplar el solitario de diamante que llevaba en la mano—. Más de lo que piensas —añadió.

—No quisiera que le sucediera nada a mi marido —dije.

—Claro que no, pero lo que tenga que suceder, sucederá.

Cuando comprendí que no sacaría las cartas, pensé que lo mejor era cambiar de tema.

—El señor Robson tiene un doble remolino. ¿Eso trae mala suerte?

—Depende. —Y añadió con una mirada cautelosa—: ¿Sigue tan raro?

—Bueno, ya no tanto.

—¿Egocéntrico, entonces?

—Puede ser. ¿Lo conoce bien?

—Bastante bien. Una vez le pidió a Poppy que fuera a su casa a mecanografiarle unas cosas.

—¿Y fue? —pregunté sin cambiar el tono.

—Que yo sepa no, pero con ella nunca se sabe. Se guarda muchas cosas para sí misma.

—¿Ah, sí? —dije pensando en su guiño conspiratorio.

—Además, es malísima escribiendo a máquina. No sé por qué la tengo aquí, aunque sea de la familia.

Sacó las cartas de un cajón bajo la mesa y me preguntó si quería que le echáramos un vistazo rápido al futuro.

—Ay, sí —dije—. Por eso he venido.

Tiró las cartas y las estuvo mirando muy seria una por una mientras yo contenía el aliento.

—¿Qué ve? —pregunté incapaz de contener la tensión.

Apartó la pregunta de un manotazo, como si interfiriera en su concentración. Luego sacó otra carta y dijo:

—Esto es interesante.

—¿El qué? —pregunté.

Meditó unos instantes sobre la carta y luego me desafió con unos ojos brillantes como alquitrán caliente.

—Más te vale andar con cuidado.

—¿Por qué?

—No lo sé, aquí hay una especie de sombra negra. No puedo ser más específica.

—Pero si no puede ser más específica, ¿cómo voy a andar con cuidado? No puedo pasarme el día encerrada.

—No te enfades —dijo—. Cuando te llegue el momento, sabrás de qué has de tener cuidado. Esto es solo un aviso, querida.

Me entraron ganas de decirle que estaba segura de que no veía nada en las cartas y se lo inventaba todo, pero, en un arranque de sabiduría, decidí mantener la boca cerrada.

Por la tarde, cuando estaba sentada a la mesa del despacho con un rollito y un poco de queso que había comprado en un puesto ambulante, Mai se me acercó y me pidió que fuéramos al baño.

—¿Para qué? —pregunté haciéndome la resentida, cuando por dentro me sentía nerviosa y culpable.

—Ven, aquí no se puede hablar —dijo.

Era una observación razonable. Las miradas ya empezaban a dirigirse hacia nosotras.

En el baño se quitó el rímel corrido de los ojos. Me sorprendió lo pequeña que parecía sin la máscara negra.

—Me han despedido —dijo.

—¿Que te han qué? —Deseé que volviera a ponerse el rímel. Sin él parecía muy vulnerable.

—¿No te has dado cuenta de que me he pasado una hora en el despacho del señor Robson? —Tenía los ojos rebosantes de lágrimas.

—Pues no, no he prestado atención. Pensé que te habías ido a casa. ¿Por qué te ha despedido? De todas maneras, no es tu jefe.

—Ya sé que no, pero al parecer tiene poder para despedir a quien quiera —soltó de malos modos.

—Pero ¿por qué?

—Me ha dicho que ha visto que últimamente mi trabajo deja mucho que desear. —Los hombros le temblaban, sacudidos por los breves sollozos—. La verdad es que no es peor de lo que ha sido siempre.

—Qué asqueroso —dije—. Pero no te preocupes. De todas maneras, esto es un vertedero para viejas. Enseguida encontrarás otro trabajo.

—Sí, pero lo peor es la vergüenza.

—¿Por qué no fuiste a hablar con tu jefa?

—¿Con esa vieja zorra de Benson? Sí hablé con ella, y me dijo que mi puntualidad era pésima, cuando en realidad es como la del resto. Y ahora que lo pienso, la tuya es aún peor.

—Bueno, Mai, no es culpa mía.

—Sea lo que sea, alguien la tiene tomada conmigo.

—¿Estás segura de que no le dijiste a nadie más lo del bebé? Ya sabes cómo son aquí.

—Solo a ti. —Volvió a ponerse rímel. Ya parecía la de siempre otra vez.

—Yo no he dicho nada —dije—. De todas maneras, estoy pensando en largarme yo también. Ese vejestorio de Robson me pone de los nervios. Creo que en cierto modo tienes suerte de verte obligada a buscar otra cosa. ¿No sería fantástico trabajar para alguien guapo y sexy?

—Tienes razón —dijo Mai radiante ante la mención del sexo—. Este sitio es un agujero mortal. ¿Cuándo crees que te marcharás?

—Voy a darles otra semana. Ahora mismo la agencia no tiene nada que ofrecerme. Ya he preguntado.

—Quizá debería probar en tu agencia.

—Sí, supongo —dije vacilante—. Pero tendrás que tomártelo con calma. La señora Rossi siempre está hasta arriba de trabajo.

—Qué pena —dijo Mai recogiendo el maquillaje disperso ante ella como un kit teatral.

Se alisó la falda, se miró las piernas por detrás para asegurarse de que llevaba las costuras de las medias rectas, se puso derecha y exhaló un suspiro.

—Bueno, más vale que me vaya. Al menos tengo dos semanas de sueldo para fundirme... Es decir, si encuentro otro trabajo enseguida.

—Qué pena que te vayas —dije, y lo sentía de verdad.

—Te llamaré en cuanto encuentre algo, y podremos seguir quedando a la hora de comer.

—Ay, Dios —gemí—. Ahora no tendré a nadie con quien hablar durante la comida.

Me apretó la mano compasiva

—No te preocupes, te llamaré.

Desapareció en un segundo dejándome en el baño sola, un poco deprimida. No me había imaginado que la despedirían, solo pensé que tal vez se llevaría una reprimenda por propagar rumores. Sin duda, el señor Robson me había entendido a la perfección. ¿Dónde me estaba metiendo con aquel viejo verde? Sin embargo, cuando me detuve a pensarlo bien, supe que no me quedaba otra que jugar las cartas que me habían tocado lo mejor posible.

7

Adam y yo no nos hablábamos salvo para entonar enunciados tan básicos como «Pásame la sal» o «¿Qué hay para comer?». El ambiente funerario afectaba incluso a los niños, que se arrastraban por la casa como huérfanos bajo la custodia de un padre adoptivo hostil. Una botella de vino habría puesto remedio al silencio, pero ese tipo de acercamiento me parecía contraproducente. Era muy aburrido sentarse frente a la ventana abierta después de una cena penosa y ver a Adam cavar la tierra con aires de mártir, pero el aburrimiento siempre ha envuelto mi vida como una nube recurrente.

En una de esas, oí a Robert revolviendo el armario de la cocina.

—¿Qué buscas? —grité.

—Papá me ha dicho que le lleve una pala pequeña para quitar las malas hierbas.

—No existe tal cosa en esta casa.

—Pues papá dice…

—Quitadlas con las manos.

Siguió revolviendo con gran estruendo. Me agaché junto a Robert y examiné un surtido de artículos que habrían deprimido a un chatarrero.

—Te he dicho… —No acabé la frase.

Robert había descubierto lo que parecía una vieja botella de vino vacía, pero intuí que no estaba vacía. La saqué del todo. Estaba llena hasta casi tres cuartos. La nube se disipó de inmediato.

—Dile a papá que no tenemos pala pequeña —dije muy amable—. Mañana compraré una.

—Mañana ya no servirá de nada —dijo Robert incorporándose con amargura.

Después de un vaso de vino, estaba de un humor radiante.

—Adam —lo llamé por la ventana enseñándole la botella.

Al principio pareció ofendido y siguió cavando. Al cabo de cinco minutos entró.

—¿Qué?

—Mira lo que he encontrado —le dije tendiéndole un vaso.

—¿La has encontrado tú?

—Sí, entre la basura del armario donde Robert estaba buscando una pala.

Adam se limpió las manos en los vaqueros y sentenció eso de «No hay mal que por bien no venga». Nos sentamos al calorcito de la ventana abierta, dando sorbos al vino con un aprecio refinado. Me puse a hacer dibujos en la mesa polvorienta.

—Al menos estamos hablando —dije.

—¿De verdad? —Tenía una expresión cordial.

—Sabes que no hay nada malo en ir a mecanografiarle unos papeles al señor Robson. Después de todo, me dio cinco libras.

—Supongo que no —admitió—. De todas maneras, ¿qué hiciste con el billete? No he visto ni rastro de él.

—Estoy ahorrando.

—¿En serio?

—No es para mí. He pensado que podríamos irnos de vacaciones a algún sitio de playa. A los niños les encantaría, ¿no crees?

—Supongo —dijo despacio—. Pero ¿cuántos billetes de cinco más tienes que ganar para que nos vayamos?

—Bueno, a ver lo que puedo hacer. Al menos es un comienzo.

—Déjame que te diga una cosa, chiquilla. —Me agarró por la muñeca mientras alcanzaba la botella—. Eres una luchadora. Te mereces a alguien mejor que yo.

Me eché a reír.

—Lo sé, pero de momento solo te tengo a ti.

Cuando la botella se acabó, fui a comprar otra. Nos sentamos en el jardín sobre una manta, con la botella y los vasos. Los niños correteaban intentando cazar al gato del vecino con la pala grande de Adam. El vecino nos miraba por encima del seto, y lo saludamos con un gesto. Nos volvió la espalda malhumorado.

—Así es la vida —dijo Adam.

—Como en el poema —dije.

—Desde luego. Un trozo de pan, una jarra y vino y tú…

—A mi lado cantando en la soledad —añadí.

Miré a Adam con afecto. Si se iba de mi vida, lo echaría de menos, pero algún día tendría que irse.

Cuando era muy joven, antes de la guerra, daba por sentado que no podía decirse que mis padres fueran ricos, pero tampoco eran pobres; es decir, pobres en el sentido de que no pudieran darme dos peniques para la matiné del sábado, uno para golosinas y otro para un cómic. El hecho de que el cómic costara dos peniques y siempre tuviera que robarle el que me faltaba a mi madre no tenía nada que ver con la pobreza, puesto que ella nunca lo echaba en falta, ni siquiera cuando le robaba dos.

—No compres ni las salchichas de cuatro peniques ni las de ocho, compra las de seis —me instruía.

Yo compraba las de cuatro y sacaba un penique extra escamoteando media libra de salchichas. Me encantaba ir a por ellas, pero que me mandaran a por tres peniques de verduras no me dejaba ningún margen de maniobra, a menos que llegara a casa llorando y les dijera que se me había caído medio penique por la alcantarilla. Otra cosa que demostraba que no éramos pobres era mi desayuno, que siempre consistía en copos de maíz. Mi amiga, que vivía enfrente, nunca había oído hablar de ellos. Fue cuando me mandaron a la academia de secundaria, que estaba en otro pueblo a veinte minutos en autobús, cuando descubrí que éramos pobres. No llevaba el uniforme apropiado con los colores apropiados de la escuela, y lo peor era que tenía que pedir prestado un palo de hockey del pabellón de la escuela cada vez que jugábamos a ese abominable juego.

—¡Un palo de hockey! —gritó mi madre escandalizada—. Que me aspen si te compro un palo de hockey pudiendo usar los de la escuela.

—Todo el mundo lleva su palo de hockey.

—¡Pues qué mala suerte, joder!

Con respecto a los colores del uniforme, al final cedió y me tejió un jersey con cuello azul y gris y un cinturón. Al cabo de un mes, los colores cambiaron a rojo y amarillo. Ni se me ocurrió decírselo a mi madre, así que durante los tres años que estudié en la Academia Morton viví encerrada en mi concha y esperé el autobús a unos metros de mis compañeras, que se reían de mí ataviadas con sus americanas rojas y doradas. Una vez le propuse a otra pringada con dientes de conejo y calcetines de lana que se juntara conmigo y le daría seis peniques cada semana.

—¡Qué *dicez*! —farfulló, y se alejó con una sonrisa infame.

Una vez, cuando recordábamos nuestra infancia, le conté todo eso a Adam.

—Te estuvo bien, por ir a esa mierda de colegio pijo.

—Mi madre quiso llevarme porque era lista.

—Lista…, ay, Dios, ¿y qué tiene eso que ver? Tú familia vivía mucho mejor que la mía. Mi viejo siempre estaba borracho perdido.

—Eso había oído —dije con frialdad.

—Al menos, él sabía de qué iba la vida.

—¿De emborracharse?

—Cada uno se las apaña como mejor puede.

—Eso es lo que intento yo.

—No me explico de dónde te vienen esas grandes ideas si no es de tu madre.

—Mira, Adam, solo porque me gustaría tener cosas bonitas, ropa buena y una casa decente…, ¡porque me gustaría que fueras distinto de tu padre! —grité.

—No soy como mi padre. Ya me gustaría.

—Eres igual que él. ¿Por eso bebes tanto?

No respondió, pero recuerdo haber dicho:

—Claro, lo olvidaba..., fue la guerra. Eso es lo que te llevó a beber.

Él seguía sin decir palabra. Ahora ya no me importa que beba porque es lo único que tenemos en común aparte de Brendan y los niños, pero aún siguen gustándome las cosas bonitas. La casa del señor Robson es preciosa como ninguna.

Cuando Brendan apareció en escena el viernes por la noche, como de costumbre, le dije que podía empezar a trabajar como jardinero. No pareció entusiasmado con la idea.

—Es un dinero extra —apunté—. Te ayudará a pagar el traje. Ya veo que no te lo has puesto. ¿Te cosió tu madre el pantalón?

—Lo tiré en un armario. No lo soporto más. —Y luego añadió sin fuerzas—: Prefiero mis trapos viejos. No estoy cómodo con traje.

—Eso no importa, viejo —dijo Adam—. Tendrás que pagarlo de todos modos.

—A menos que pretenda que lo pague su madre —dije.

Adam me lanzó una mirada amenazadora y luego le preguntó a Brendan:

—¿Cómo va el tobillo? ¿Ya se te ha curado?

—Solo fue un rasguño —dijo Brendan apoyándose en una y otra pierna con las manos en los bolsillos.

—Pobre perro —dije.

—No vale la pena acordarse del perro —dijo Adam—. Lleva mucho tiempo muerto.

—Pues me da rabia pensar que murió de una patada porque le desgarró el pantalón a Brendan, que luego tiró al armario, y su madre tendrá que pagarlo cuando podría trabajar al menos para pagarlo él, y le daría, además, para los gastos diarios —dije—.

—¡Es como el cuento de la lechera! —Se rio Adam.

—Pensaré lo del trabajo —dijo Brendan—. ¿Os venís al pub?

—¿Qué pasa si no quiero? —pregunté.

—Nada, nos vamos Brendan y yo.

—No podemos dejar a Betty tirada —dijo Brendan concediéndome una de sus miradas azules y expresivas.

—¿Por qué no? —dijo Adam—. Se va a dedicar a dar por saco toda la noche con lo del trabajo hasta que te cabrees. ¿Sabes que es para el mismo tipo con el que trabaja? No solo le mecanografía en la oficina, también va a su casa los domingos a mecanografiarle. —Lo reveló con un tono muy significativo para Brendan.

—No sabía nada de eso —dijo como si hubiéramos guardado un secreto que solo entonces veía la luz.

—El señor Robson es un anciano muy amable. Te puse por las nubes como jardinero, pensaba que estarías contento.

—Estoy contento. Hiciste bien. Tienes razón, así podré pagar el traje sin problema. Y quizá me dé para pedir algo más del catálogo... Algo que me quede mejor, ja, ja.

—Eres un tío increíble —dijo Adam asintiendo con una sonrisa.

—Bueno, entonces quedamos así, espero. Le diré al señor Robson que empiezas el lunes a partir de las seis.

—¿Tú también estarás? —preguntó Brendan.

—No, pero no te preocupes. Le diré que trabajas muy bien.

—¿Y yo? ¿Por qué no me consigues a mí también un trabajo de jardinero? —preguntó Adam.

Abrí los ojos como platos.

—No pensé que te interesaría, pero si quieres que...

—Olvídalo, no necesitará dos jardineros —dijo Adam.

—Si me hubieras dicho...

—Venga, vámonos —dijo Adam—. Ya estoy harto de todo este palique sobre jardineros y demás. ¿Estás listo, Brendan?

Salió mientras yo buscaba el nuevo bolso que me había comprado con parte del dinero del señor Robson.

—¡Esperadme! —exclamé corriendo tras ellos.

Brendan miraba adelante y atrás ansioso, como un perro que no sabe a cuál de sus dueños hacer caso.

Me sentí muy sola a la hora de la comida sin Mai. Casi me atraganto intentando engullir a toda prisa para escapar de los comensales sentados alrededor. Al parecer, no hay mucha gente que coma sola. Fuera, bajo la llovizna fría de un día de verano, se me pasó un poco la sensación de claustrofobia, aunque los escaparates me tentaban exhibiendo toda clase de artículos que no podía permitirme. Di una vuelta por los almacenes Woolworth's y conseguí meterme un set de manicura en el bolso sin que nadie se enterara. Al llegar a la oficina, cuando me disponía a hacerme las uñas en el guardarropa, entró la señorita Benson rezongando por la lluvia.

—¿No has venido muy pronto? —dijo al verme.

—Bueno, hoy es uno de esos días en que tienes ganas de volver.

—Entonces, ¿echas de menos a tu amiga? —me preguntó con unos ojos tan brillantes y avezados como los de una ardilla.

—Lo que pasó fue repugnante.

—¿El qué? —Sacudió el agua del impermeable con meticulosidad.

—Despacharla de ese modo. Ella cree que alguien aquí se la tenía jurada.

—Yo no, desde luego —dijo con un tono innecesariamente chillón.

—Nunca he pensado que fuera usted. Siempre la he considerado una persona justa y razonable.

—Lo soy —replicó agradecida—. En mi vida he visto a alguien marcharse de esa manera fulminante. No estoy muy segura de lo que pasó. ¿Usted lo sabe?

—En realidad no, pero ya ve cómo son aquí las cosas. —Suspiré.

—¿Cómo?

—Nadie tiene su puesto asegurado. Me alegro de tener un contrato temporal.

—Pues yo llevo aquí veinte años y siempre me han tratado con la mayor consideración. A quien trabaja bien, nadie le cuestiona su puesto.

Me encogí de hombros.

—Sin duda usted conoce la firma mejor que yo. Veinte años es mucho tiempo.

—Creo que tenemos que volver al despacho —dijo en tono malhumorado mirando el reloj.

Cuando se fue, me quedé un par de minutos más en el guardarropa. No iba a obedecerla. Después de todo, era una mujer independiente.

Más tarde, entré en el despacho del señor Robson y me senté a esperar mientras él revisaba las cartas mecanografiadas por la mañana. Asentía ante las palabras como una gallina picoteando en la gravilla. Me pareció que alardeaba con unas exigencias innecesarias. Lo habitual era que firmara las cartas después de un simple vistazo.

—¿Va todo bien? —pregunté.

—Bueno, hay un par de pequeños errores. —Se le arrugó la cara en una sonrisa reprobatoria—. Y mire, hay un borrón en esta página, arriba. —Sacó la carta ofensiva del pliego.

—Ya veo —dije mirando el dedo acusador.

—No se preocupe, querida. —Carraspeó como arrepentido.

Lo miré a la cara llena de surcos, que me recordaba la de una tortuga.

—Quizá estaba un poco despistada por lo del domingo.

—El domingo —repitió con el ceño fruncido, como si no fuera capaz de recordar nada al respecto.

—Sí, el domingo —dije con la negra sospecha de que tal vez padeciera de amnesia—. ¿Se acuerda del domingo?

—Pues claro que me acuerdo del domingo. —Acercó la silla a la mesa, de modo que nuestras rodillas se tocaron—. Hizo un buen trabajo, y espero que este domingo lo haga igual de bien. —Volvió a carraspear y añadió—: Pero si quita este borrón con la goma, le estaré muy agradecido.

—¿Y qué hay de los otros pequeños errores?

—Minucias. Los dejaremos pasar.

—Si voy a quedarme aquí fija…

—¿Sí? —dijo clavándome su mirada legañosa.

—Solo es una suposición, pero si decido quedarme con un puesto fijo, ¿cobraré más? —pregunté en tono muy suave para no alarmarlo.

—Desde luego, cobrará un poco más. Siempre recompenso a quien me gusta.

—Supongo que no tanto como la señorita Benson, que lleva aquí veinte años.

—La señorita Benson nunca me ha gustado lo más mínimo —dijo con un guiño.

Antes de salir le anuncié que Brendan me había prometido ir a trabajar en el jardín.

—Mi profe dice que tienes que darme dinero para lana —dijo Rae.

Estábamos cenando pastel de carne con alubias, un plato que a los niños les encantaba pero a Adam no. Me había quedado sin ideas.

—Lana —repetí tratando de cortar la corteza dura y quemada del pastel.

—Cométela con las manos, como una chuleta —me dijo Adam—. Tengo un vago recuerdo de haberla comido así hace mucho tiempo.

—Sí, y mi profe dice que tengo el cuello de la camisa sucio —dijo Robert.

—Por el amor de Dios —dije—. ¿Qué se ha creído esa mujer?

—Es un hombre.

—Pues si se ha fijado en tu cuello, será un poco mariquita.

—¿Qué quiere decir mariquita? —preguntó Rae.

—Ese insecto rojo con lunares negros —dijo Robert.

Tuve que echarme a reír, pero Adam tenía la expresión congelada.

—Sí, parecido a tu padre.

—Ya empezamos —dije apartando el pastel.

—Con todo el dinero que ganas, esperaba algo mejor que esto.

—¿En serio? —pregunté temblando de odio—. ¿Así que es por eso? ¿Qué coño esperabas, con todo lo que pimplas?

—Lo mismo que tú.

—¿Y quién paga? —Sentí la terrible necesidad de lanzar el plato contra la pared, pero sabía que luego me tocaría limpiar el desastre.

—Te diré lo que voy a hacer —dijo Adam levantándose y apartando la silla hacia atrás—. Voy a hacer una diligencia.

—Sí, a empolvarte la nariz —dije con desdén.

—No, a buscar trabajo.

Agarró la chaqueta colgada del respaldo de la silla y salió dando un portazo.

—¿Veis lo que habéis hecho? —estallé delante de los niños—. Eso por hablar de lana y cuellos sucios. Ahora le habéis dado una excusa.

Rae se echó a lloriquear.

—Cállate —dijo Robert.

—¿A quién estás mandando callar? —le dije.

—Siempre te estás quejando —rugió Robert, y salió corriendo del cuarto.

«Si pudiera hacer las maletas y largarme...», pensé, pero no tenía ni maletas ni ropa, y lo peor de todo, tampoco tenía dinero. Necesitaba ahorrar no para unas vacaciones, sino para cambiar de dirección. Podría enviar a alguien a por los niños una vez arreglara la casa. Y Adam, que hiciera lo que le viniera en gana. Nuestro matrimonio era un error abominable, siempre lo había sido. No cabía esperar que sucediera ningún milagro. Él no desaparecería. Entretanto, tenía que fregar los platos y recoger antes que nada.

—Deja de llorar —le dije a Rae—. Mañana te compraré la lana.

—¿Dónde ha ido papá? —preguntó mientras los gimoteos se reducían a leves resoplidos.

—Ya lo oíste. Dijo que iba a buscar trabajo.

—¿Nos va a abandonar?

—No creo. Anda, vete a jugar, que tengo cosas que hacer.

Fregué los platos, busqué una camisa de Robert y empecé a frotarle el cuello mientras mi cabeza bullía de planes que se desvanecían apenas esbozados. Al final me hundí en una silla, abrumada por mis contiendas interiores. «Sé que tengo muchos defectos —me dije—, pero creo de verdad que me he esforzado por ser una buena madre y esposa, y aunque comprendo que no debería beber tanto, el hecho es que si no bebiera cuando Adam bebe, me volvería loca. En cuanto al señor Robson, no he hecho nada de lo que deba avergonzarme, en todo caso nada que nadie pueda demostrar, y con respecto a Brendan, si he hecho algo vergonzoso, fue más por lástima que por otra cosa. Sin duda, lo justo es que abandone toda esta confusión para aspirar a una vida mejor. Después de todo, estamos aquí solo para unos cuantos momentos fugaces, como suele decir Adam. ¿Por qué no aprovecharlos al máximo?». Una pregunta se arremolinó en mi mente: ¿dónde estaba ese cabrón y qué hacía? ¿Qué derecho tenía a hacer nada? Era yo la víctima, no él. Fui a vigilar a los niños, pero habían desaparecido. Salí a la calle y los vi apoyados en una valla con otros niños. Parecían felices. Me alegró verlos así. Podía dejarlos cuando quisiera. Al doblar la esquina me topé con Adam.

—¿Dónde vas, chiquilla? —preguntó.

Parecía preocupado.

—A cualquier parte con tal de no verte.

—Tengo un regalo para ti. —Me metió algo en la mano. Era un billete de cinco libras—. Todo ha salido bien —dijo mirando el dinero—. He vendido el reloj de oro.

—Pero si era de tu padre. No tenías ningún derecho.

—¿Te vienes a tomar algo?

—¿Has vendido el reloj de tu padre para tomar algo?

—Bueno, si quieres hacemos otra cosa. Te compraré…

—No te molestes.

Echamos a andar calle adelante.

—¿Qué quieres? —preguntó rompiendo el silencio.

—Nada, de verdad.

Entramos en el pub y pedimos una ronda.

—No deberías haber hecho algo así.

—¿Para qué servía el reloj? A mi padre ya no le servía de nada.

—Tenía un valor sentimental.

Se echó a reír.

—Sería para ti, no para mí. Un reloj no significa nada. Puedo recordar a mi viejo sin reloj.

—Supongo. —Di un sorbo al whisky muy despacio.

—Acábatelo. Voy a pedir otro, a menos que… —Extendió las manos como si pudiera ofrecer incontables opciones.

—Venga, tráete otro.

—Al menos, podemos estar solos por una vez —dijo al volver con otra ronda—. Quiero decir, sin Brendan —añadió con un guiño.

—Creía que Brendan te caía bien.

—Me cae bien, pero siempre está en medio. Nunca podemos hablar tranquilos con él delante. Creo que ese es nuestro problema. Casi no hablamos.

—¿Y de qué podríamos hablar?

—De vez en cuando me gustaría decirte algo así como que te quiero. —Se calló medio avergonzado.

Yo tenía la mente en blanco. Me quedé sentada con gesto taciturno, hosca como si me hubieran insultado.

—Me odias, ¿verdad? —Apuró el vaso de un trago.

—No te odio, es solo que…

—Ya sé que es solo…. —dijo—. Es solo que te gustaría deshacerte de mí.

Me llegó el turno de apurar el vaso.

—No es culpa de nadie —dije—. Yo te sigo queriendo, pero es la vida que llevamos. No tiene ningún sentido. Lo único que hacemos es beber.

—¿Te gustaría hacer algo más? —Su tono sonaba de lo más razonable—. ¿Salir de paseo? ¿O quizá ir al cine? Me quedan dos o tres libras. ¿Preferirías una buena comida? ¿O una caja de bombones? Anda, dime.

Me quedé mirando el vaso vacío.

—Tráeme otra copa.

—¿Sabes, chiquilla? Eres una borrachuza —dijo rozándome la barbilla—. ¿Por qué no lo admites?

—Si lo soy, es porque tú me has llevado a serlo —respondí con una sonrisa sarcástica.

—Eso ya se acerca más a la chica que conozco y quiero, siempre culpando a los demás, pero no me importa. Gracias a Dios que no has querido ir al cine.

—Pues claro que no —dije—. Venga, tráeme otra copa.

No recuerdo bien lo que sucedió al llegar a casa. Como de costumbre, fuimos los últimos en marcharnos del pub. Me desperté de pronto y Adam no estaba en la cama. Creí haber oído el ruido de algo que se caía. Cuando bajé las escaleras, Adam estaba reptando por el suelo como un animal o un bebé gigantesco, gimiendo y rechinando los dientes, murmurando palabras ininteligibles. Entonces gritó:

—¡Fuego! ¡Fuego!

Y empezó a golpear el suelo llorando.

Me di la vuelta para arrastrarme al dormitorio y allí me quedé despierta, esperando el inquietante crujido de los escalones. Ya había pasado un tiempo desde la última vez que se puso así. Sabía que la guerra tenía mucho que ver con ello, pero no me quedaba ni rastro de compasión. Tenía que buscar tratamiento, pero claro, lo primero que harían sería decirle que dejara de beber.

Al echar la vista atrás hasta ese verano, se me ocurre que podría describirlo como largo y caluroso, o al menos así lo recuerdo. Largo, desde luego, sí me pareció, aunque el final fue muy precipitado. Podría decir que fue el último verano en que recuerdo haber sido feliz, aunque creo que entonces no era consciente de ello. Sin embargo, ¿cuándo he sido consciente de ser feliz? Entonces parecía que Brendan siempre estaría allí los fines de semana exasperándome, aburriéndome y a veces excitándome por ninguna razón que pueda recordar. Una noche, cuando Adam estaba tirado en el sofá en coma etílico, Brendan y yo salimos e hicimos el amor fuera, en la cálida oscuridad del patio trasero. No alcancé el orgasmo porque Brendan era un inepto y no hacía más que disculparse, pero disfruté del riesgo.

—¿Soy la única con la que lo has hecho? —le pregunté después.

—No. —Hurgaba en la cremallera de los pantalones. Antes de que pudiera recobrarme de la sorpresa, añadió—: Lo hice un par de veces con mi prima.

—Pues no eres muy mañoso que se diga. —No sabía por qué me enojaba al pensar en su prima.

—He bebido demasiado —dijo.

—Qué vergüenza —dije alzando la vista hacia la ventana del cuarto de los niños—. No debería beber nada.

—Es culpa mía —dijo—. Me he aprovechado de ti.

—¿No sería horrible que Adam se enterara alguna vez?

—Me mataría si llegara a descubrirlo —dijo Brendan.

—Si sigues viniendo por aquí, tendremos que cortar con esto.

Adoptó un aire contrito.

—De acuerdo, pero dame el último beso.

Dejé que me besara en la mejilla.

—¿Tu prima era muy joven?

—Tenía dieciséis años, pero ya no la veo. Se mudó. —Su voz sonó avergonzada.

—Me da un poco de asco que sea tu prima... Me parece un poco incestuoso. ¿Solo lo hicisteis una vez?

—Venga, no sigas con eso —dijo Brendan—. A ella no la quería como te quiero a ti.

—Me quieres... —repetí sonriendo en la oscuridad—. Dime una cosa —le pedí mirando el cielo rojo ardiente—. Si me divorciara de Adam, ¿te casarías conmigo y cuidarías a los niños?

—No podría enfrentarme a Adam.

—¿Le tienes miedo?

No respondió. Lo agarré del brazo cuando hizo amago de irse.

—Entonces, ¿me quieres? —Lo seguí hacia el interior de la casa. Adam seguía tirado en el sofá con la boca abierta—. Míralo —dije—. Si vomitara ahora mismo, podría morir ahogado.

Brendan me miró a mí y luego a Adam con unos ojos que ocultaban toda expresividad.

—¿Te gustaría?

Lo miré y me eché a reír.

—Te tomas todo lo que digo demasiado en serio. ¿Quieres un café antes de irte?

Me siguió hasta la cocina.

—No voy a volver —dijo sentándose en una silla y quitándose el barro de las rodilleras de los pantalones, que ahora parecían muy viejos y gastados.

Sacudí la cabeza, incrédula. Mientras se tomaba el café, le pregunté si había empezado a trabajar en el jardín del señor Robson. Asintió. Le dije que eso estaba muy bien y le pregunté qué le parecía.

—Es un buen hombre —dijo Brendan mirando la taza.

—¿Te paga bien?

Se encogió de hombros.

—Lo suficiente.

—No sé por qué estás tan abatido. Tienes dinero y ninguna preocupación. Tu vida es mejor que la de muchos.

—Me gustaría ser Adam —dijo.

—¿Adam? No lo dirás en serio. Está mal de la cabeza.

—Ya somos dos. —Relajó la cara.

—¿Sabes, Brendan? Me temo que serías mucho más feliz viviendo con Adam que conmigo, si se terciara —dije.

—Esta noche estás muy graciosa —dijo Brendan levantándose—. Me parece que me voy a casa.

—Pues vete. —Tiré las tazas de café al suelo y una de ellas se hizo añicos—. Eso es lo que quiero que hagáis los dos.

—¿Cree usted en Dios? —le pregunté a la señora Rossi después de que me leyera las cartas para decirme que alguien muy cercano estaba bajo la negra sombra de la muerte, lo cual no significaba necesariamente que fuera a morir, sino que la sombra estaba ahí, aguardando.

—Por supuesto que no —dijo en tono altivo.

—Pero ¿no es usted judía? ¿No insinuó algo así?

—En absoluto, lo único que insinué fue que no era italiana. Pero tienes razón. Soy judía polaca, aunque me cuesta admitirlo.

—No la culpo. Hay que soportar muchas cosas.

—A mi modo de ver, son demasiado asociales —dijo la señora Rossi—. Y toda esa monserga sobre la comida *kosher* es muy exagerada, ¿no le parece? —Me miró fijamente con sus ojos negros como si yo fuera a discrepar.

—Para mí sí que es exagerada, pero claro… —Me encogí de hombros.

—Desde luego, los gentiles siempre tenéis lo mejor.

—Bueno, los católicos comen pescado los viernes —apunté.

—Unas veces sí y otras no, pero ¿qué tienen que ver la comida *kosher* y el pescado con Dios? —Extendió las manos con esos magníficos modales suyos tan continentales.

—No mucho —concedí.

—Cuando tenía trece años, una noche se me ocurrió que Dios no existía. Estaba sentada en la escalera fuera de casa comiendo un pastel de carne de cerdo. Tenía mucha hambre, y lo había robado de una bandeja de la panadería, que en aquella época era algo muy peligroso. Mi madre me pilló cuando lo estaba engullendo a bocados que me llevaban al éxtasis. Me arrebató los restos que tenía entre las manos y los pisoteó en el suelo. Luego me arrastró a la casa agarrándome del pelo y me encerró en mi habitación sin cenar, lo cual fue una buena excusa para que el resto de la familia tuviera una ración extra de sopa y pan. Allí encerrada en la habitación maldije a mi familia y a Dios; pero entonces, mientras temblaba de frío y desesperanza en la oscuridad, se me ocurrió que no había Dios, así que me centré en maldecir a mi familia y me sentí mucho mejor.

—¿Qué le pasó a su familia? —pregunté.

—No tengo la menor idea. Al año siguiente me escapé de casa. Trabajé en un burdel y, teniendo en cuenta el panorama de entonces, me fue bastante bien. Como ya te dije, me casé con un italiano y al final, después de hacer las cosas a mi manera durante muchos años y sin ayuda de Dios, aquí estoy y, como puedes ver, aún conservo mucha fuerza. —Estalló en una de sus alegres carcajadas, siempre tan pegadizas, y al instante la perdoné por haber visto la sombra de la muerte en mis cartas—. Por lo tanto, querida —dijo limpiándose las lágrimas de risa en los ojos—, si Dios existe, aunque no tengo ninguna evidencia ni motivo alguno para pensar tal cosa, diría que ayuda a quienes se ayudan a sí mismos.

—Sus sentimientos se corresponden exactamente con los míos, pero en nuestra casa no éramos religiosos. Yo iba los domingos a catequesis solo para poder asistir a la fiesta de Navidad y los pícnics de verano.

—Es una buena razón —dijo la señora Rossi.

Nos echamos a reír otra vez. Poppy entró con el café. Me dio la impresión de que estaba de un humor sombrío.

—Está ahí fuera el vendedor. Quiere saber cuántas cartas con encabezamiento necesitas. Con todos esos chillidos, parecía un poco receloso.

—Por mí que recele todo lo que quiera. Dile que cincuenta.

—Pero necesitamos más —gimoteó Poppy—. Bueno, que vuelva cuando se acaben y ya está. —Salió dando un portazo.

—Esta se llevará una sorpresa algún día —dijo la señora Rossi.

—Parece que se toma demasiadas confianzas —dije—. Pero claro, supongo que al ser de la familia...

—Para mí las familias no son importantes. Cualquier día que me dé por ahí me levanto y me largo sin más.

—¿En serio? —dije deprimida—. ¿Y qué pasará con la agencia?

—No se puede estar siempre en el mismo sitio, querida. Cuando algo me dice que debo seguir adelante, hago caso. Tengo intuición, ¿sabes?, lo cual no tiene nada que ver con Dios sino con... —Se dio unos golpecitos en la frente.

Salí de su despacho triste, pensando que si la agencia de la señora Rossi cerraba, tendría que jugármela con Chalmers y Stroud y aceptar un puesto fijo.

Mis encuentros con el señor Robson para dictarme cartas se volvieron tan rutinarios como su enorme y santificado dormitorio. Atrás quedaron las insinuaciones y las palmaditas. Las cartas cada vez eran más complicadas y los dictados más rápidos. Parecía envuelto en un aluvión de trabajo que empezó a intrigarme poco a poco, hasta que un día me atreví a preguntarle:

—¿Cómo le va con Brendan?

—¿Brendan? —repitió como si el nombre no le sonara.

—El jardinero —dije con un matiz de aprensión.

—Ah, sí, por supuesto. Trabaja bastante bien —declaró con esos aires distantes tan suyos, como si me hubiera inmiscuido en su intimidad, y luego siguió dictando como si nada.

Cuando terminó, me puse tiesa en la silla y dije en tono arrogante:

—En cuanto al domingo, no sé si podré organizarme…

Parpadeó como si lo hubiera abofeteado.

—Pero, querida, le ruego que venga sin dilación. Estoy a punto de hacer un descubrimiento crucial en mis estudios que podría escapárseme si no establezco todos los puntos cuanto antes. —Me sonrió con ademán zalamero.

—Lo intentaré, pero tengo muchas cosas en la cabeza. —Y añadí—: Tal vez podría buscarse a otra persona.

—Pero, querida, no hay nadie más capaz que usted —dijo, y me complació ver cómo le temblaban los labios.

—¿Por qué?

—Creí que lo sabía. —Ahora tenía un aspecto patético.

—No soy muy clarividente —dije.

—Pero puedo confiar en usted —dijo—. No tengo mucha gente en la que poder confiar.

—Sí —dije vacilante—. Yo tampoco tengo mucha gente en quien confiar cuando surgen problemas.

—Puede confiar en mí. —Apartó sus notas con un leve suspiro que acerté a percibir—. A ver, cuénteme, ¿qué pasa?

Me dispuse a contarle, con el grado de reticencia adecuado, que mi marido no paraba de beber y empezábamos a tener deudas.

—En realidad, no es culpa suya —concluí—. Como ya sabe, ha tenido que pasar por muchas cosas; no digo que la guerra sea una buena excusa para darse a la bebida, pero en cierto modo puedo entenderlo. Sin embargo, ha llegado un punto en el que ya no le importa nada. No trae ningún dinero a casa, y estoy pensando en irme a vivir con Brendan para escapar de todo eso.

—Debo decir que considero a Brendan un tipo bastante agradable, por lo que he visto, pero no parece andar muy sobrado ni de inteligencia ni de dinero —dijo el señor Robson compasivo—. ¿Por qué cree que con él sería mejor?

—Sí, también he pensado en eso, pero cuando una está desesperada... —dejé la frase sin acabar mientras me mordía el labio inferior.

—¿Cuánto necesita? —preguntó el señor Robson.

—Es una suma excesiva. No quiero seguir hablando de este asunto.

—Tal vez pueda darle un pequeño anticipo.

Le confesé que rondaba las treinta libras y luego me eché a llorar con la cara entre las manos.

—Eso es bastante dinero —dijo con voz adusta—. Si le adelanto esa cantidad, ¿me corresponderá con su paga de los domingos?

Lo miré a través de lágrimas agradecidas.

—Ay, sí, señor Robson. Le prometo que se lo devolveré.

Desdeñó mis agradecimientos con un ademán.

—Pasemos a otra cosa, querida, y deje de preocuparse. Nos vemos el domingo como siempre.

—Conque cantando, ¿eh? —dijo Adam cuando llegué a casa aferrada a la bolsa de comida y tarareando *Lili Marleen.*

—Espero que no sea un crimen.

—No, me alegra verte de buen humor, pero no puedo evitar preguntarme a qué te habrás dedicado.

—A las costillas de cordero, a eso me he dedicado. Costillas de cordero para la cena y una botella de vino para después.

Adam y los niños me miraron ausentes.

—No hay manera de complaceros, ¿eh?

8

Como hija única, podía haber sido una niña solitaria, pero la soledad no me afligió en los primeros años porque tenía dos amigas. Las llamaba Susan e Ina, y eran productos de mi imaginación, pero resultaban muy amenas, perfectas para convocarlas en cualquier momento. Ina no me gustaba tanto como Susan. Siempre me la imaginaba mal vestida y con mocos en la nariz, mientras que Susan era muy guapa, rubia y con ojos de porcelana azul, como una muñeca. Susan y yo cuchicheábamos sobre Ina, que solía caminar unos metros por detrás suplicando que la dejáramos ir con nosotras. A veces la dejábamos. Era útil para jugar a mamás y a papás, o a enfermeras, cuando necesitábamos una niña a la que zurrar o una paciente a la que pinchar. Ahora veo que Ina y Susan eran partes de mí misma. Susan era la que quería ser; Ina era mi yo real: tímida, torpe y sin amigos. Me pregunto si todos los niños solitarios juegan a lo mismo, o solo aquellos con personalidad múltiple.

Cuando comenzó la lucha por la supervivencia en el patio de la escuela primaria, perdí el rastro de las dos. Tenía niños reales con los que jugar, aunque a veces no me complacían tanto como mis amigas imaginarias. Siempre me ha pasado lo mismo. Nunca me he juntado con nadie que sea ni siquiera un poquito sensato. Me refiero a los hombres, puesto que no valoro gran cosa a las mujeres. Adam no es sensato ni de lejos, Brendan no tiene inteligencia alguna y el señor Robson es raro, pero son todo lo que tengo. Dios ayuda a quienes se ayudan a sí mismos, dice la señora Rossi. Tal vez ella trabajó con mejores materiales, o tal vez era más espabilada, o tal vez sea cuestión de perseverancia.

—Espero que no estés pensando en dejar el trabajo de jardinero —le dije a Brendan.

Estábamos los tres sentados en el pub.

—¿He dicho yo eso?

—Espero que estés ahorrando y no te lo gastes todo en bebida.

—Déjalo en paz —dijo Adam—. Que haga lo que quiera. No es asunto tuyo.

—A lo mejor tiene razón —dijo Brendan mirándome inquieto.

—El día que Betty tenga razón, mejor nos tiramos por un acantilado —dijo Adam.

—¿No te gusta oír buenos consejos? —pregunté.

—Los consejos que das tú son peligrosos, no buenos. Si lo sabré yo.

—¿Desde cuándo me escuchas?

—Venga, no empecéis a pelear —dijo Brendan.

Me dio un codazo en el costado y yo le di otro.

—Si quieres, te abro una cuenta en correos para meterte dinero —dije—. Antes te las apañabas para beber, así que puedes hacer lo mismo y encima ahorrar un poco.

—Tengo que pagar el traje —dijo Brendan con aire pusilánime.

—Incluso con eso te sobraría algo.

—Tú lo que quieres es meter mano también en el dinero de Brendan —dijo Adam dando golpecitos con el vaso vacío en la mesa.

—¿Cómo que también?

—Además del dinero con el que podrías empapelar la casa.

Me volví hacia Brendan.

—Solo porque intento ahorrar un poco para las vacaciones, que considero que serían algo bueno para él y los niños, ya me ataca con eso. Me pone enferma.

—Cállate y danos para otra ronda —dijo Adam.

Cuando se acercó a la barra, le expliqué a Brendan:

—En realidad, no ahorro para las vacaciones, sino para poder escapar de él. ¿Por qué no haces lo mismo? Con un poco de dinero, podríamos hacer planes.

Brendan se inclinó hacia atrás. Parecía aterrado.

—¿Qué clase de planes?

—Me exasperas, Brendan. Sin dinero no hay planes. Los dos tenemos que ahorrar antes de poder llevarlos a cabo, por sencillos que sean.

—Nunca en mi vida he hecho un solo plan —dijo resuelto—. Ahora mismo no me siento en condiciones de hacer el primero.

—Entonces no te entrometas en mi vida —dije con frialdad.

—¿Qué os pasa? —dijo Adam volviendo a la mesa.

—Nada en absoluto —repliqué.

—He pensado que, si ahorro un poco, podría ir con vosotros de vacaciones —dijo Brendan—. Es decir, si no os importa —añadió con timidez.

—Ya te ha estado calentando la cabeza otra vez, ¿a que sí? —dijo Adam.

Aparté la vista desdeñosa. El barman y yo cruzamos la vista y me guiñó un ojo. Tenía el pelo tan negro y aplastado que parecía betún de los zapatos, y aspecto de saber bien cómo hay que vivir la vida. Aun así, debió de captar mi mensaje de que no estaba disponible de momento, porque enseguida volvió la cabeza hacia otro lado. Sentí una punzada de arrepentimiento.

—Puedes olvidarte de las vacaciones. El año que viene ya me habré esfumado —le dije a Brendan.

—¿Esfumado? —repitió Adam—. Esta sí que es buena. Esfúmese, hermosa doncella.

—No creo que sea culpa de Betty —dijo Brendan con voz firme, como si hubiera reflexionado mucho sobre la cuestión. Me lanzó una mirada conspiratoria.

—¿Y quién diablos eres tú para decir eso? —farfulló Adam sobre la cerveza mientras yo los contemplaba a los dos como si estuviera viendo una película pésima.

—Es una mujer increíble —soltó Brendan, y su cara rubicunda y sus corpulentos hombros desprendían la fuerza de un toro que avista el trapo rojo.

—¡No me digas! —exclamó Adam encantado—. Sé de sobra que te gusta.

—Y dale —murmuré para mí misma.

—¿Y qué? —Brendan se encogió de hombros.

Sentí un arrebato de admiración por él.

—Venga, tranquilizaos —dije, pero ninguno de los dos me hizo el menor caso.

—Te estás pasando —dijo Adam limpiándose la espuma de la boca.

—Te burlas de ella con un desprecio que no me gusta nada —dijo Brendan—. No sabes tratar a las mujeres.

A Adam le dio tal ataque de risa que casi se cae del asiento. Varias cabezas se volvieron hacia nosotros con miradas perplejas. Luego la risa de Adam se apagó y me dijo:

—Betty, ¿te has buscado a este trozo de mierda como amante enamorado? —Su voz sonó demasiado alta.

Decidí que había llegado el momento de irse.

—¡Iros a tomar por culo los dos! —dije, y salí no sin antes lanzar una mirada de reojo al barman, que me hizo otro guiño antes de llegar a la puerta.

Cuando estaba en la oficina —o en el puesto de trabajo, como les gustaba decir en Chalmers y Stroud—, me llamó Mai. Los ojos de la señorita Benson se abrieron como platos, llenos de curiosidad, mientras me tendía el auricular.

—He conseguido algo —dijo Mai—. Resulta que está bastante bien y todo. ¿Quedamos en el mismo sitio de siempre para comer?

—Me encantaría —dije, y colgué.

—¿Era Mai? —preguntó la señorita Benson a unos cuantos centímetros de mí.

—¿Qué Mai? Ah, Mai. No estoy segura —respondí con vaguedad antes de seguir tecleando.

—El sitio está muy bien, y me pagan bastante más —explicó Mai mientras yo masticaba con paciencia el puré de patatas—. Deberías largarte de ese sitio —me aconsejó al terminar el relato inconexo de su nuevo y maravilloso trabajo—. Si no, te harás vieja antes de tiempo.

Su maquillaje ya no era tan estridente y su pelo lucía un tono de negro más claro.

—Sigo trabajando para la agencia y esperando a que me salga algo mejor.

—¿Y por qué no te sale algo mejor?

—Bueno, si te digo la verdad, estoy en un dilema —dije como si quisiera sincerarme—. El señor Robson me ha ofrecido un aumento tan exagerado que no sé si aceptarlo o no… Al fin y al cabo, el dinero no lo es todo en la vida.

—¿Cuánto? —preguntó frunciendo el ceño.

Solté una cifra sustancial. Mai se llevó el tenedor a la boca con manifiesto disgusto.

—A mí no me gustaría trabajar para ese viejo asqueroso por mucho que me ofreciera.

—Lo sé, el dinero no lo es todo —dije—. ¿Qué tal tu jefe?

—Ay, es muy atractivo, un caballero que sabe cómo hacerte sentir a gusto en el trabajo, ya sabes lo que quiero decir.

—Qué suerte —dije—. He leído que hay jefes así. Por desgracia, nunca he conocido a ninguno. Quizá si juegas bien las cartas… —Le guiñé un ojo.

—Sí, lo he pensado —dijo Mai—. No me importaría pasar una noche con él, pero está casado. —Suspiró.

Ocultando la punzada de envidia que sentía, aunque sospechaba que era infundada, pregunté:

—¿Y eso qué tiene que ver?

—¿Por qué no hacemos el amor? —le susurré al oído a Adam, tumbado en la cama de espaldas a mí.

Calculé que llevábamos casi dos semanas sin sexo. Para mí el contacto era más necesario que el acto en sí.

Se incorporó a medias, vuelto hacia mí.

—No puedo encenderme cuando a ti te conviene.

—¿Ya no me quieres? —pregunté.

—No estoy seguro de lo que siento por ti —refunfuñó con voz queda.

—Yo tampoco.

—Eres muy retorcida —me dijo acariciándome el pelo.

—Mi madre siempre me decía que era demasiado profunda para su gusto.

—Olvídate de tu madre. —Ahora nuestros brazos se tocaban—. De lo que sí estoy seguro es de que no quiero a nadie más.

Sonreí mirando al techo.

—Supongo que es complicado vivir conmigo. No lo has tenido fácil —dijo.

—Tampoco tú lo has tenido fácil.

Nuestras voces sonaban rígidas, como los primeros intentos en un grupo de oración.

—¿En qué sentido? —preguntó.

—Puede que la guerra…

—Bebo demasiado —dijo.

—Yo también. —Ahora nos mirábamos, pero estaba oscuro. Era como un extraño—. Bueno, tampoco bebemos tanto. —Le acaricié la mejilla.

Era como la mejilla de un extraño.

—Estoy pensando en dejarlo —dijo.

—¿El qué? ¿El sexo?

Se rio como un extraño.

—Eso pensaba que ya lo había dejado hace tiempo. Me refiero a beber.

—Los niños lo echarán de menos, quiero decir a nosotros. No nos reconocerán si dejamos de beber.

—Eso que dices es terrible. —Me acariciaba el pecho y, por alguna extraña razón, no podía soportarlo. Me hacía sentir insultada o agredida como ninguna otra parte de mi cuerpo.

—Podríamos compensarlos comprándoles un montón de artilugios modernos.

—O llevándolos de vacaciones —sugirió.

—Lo más seguro es que prefieran que bebamos en vacaciones, si no, todo será muy aburrido.

—Una cosa —dijo estrujándome el pezón. Me entraron ganas de gritar—. Sin alcohol, Brendan desaparecería como la proverbial rosa de antaño.

—No estarás celoso de Brendan por casualidad —dije.

—¿Debería? —preguntó retirando la mano.

—Eres tonto, Adam —dije—. Primero le das esperanzas a propósito y haces que se sienta como si fuéramos sus padres adoptivos, y luego pretendes librarte de él sin motivo.

Adam cambió de postura y se puso bocarriba, con una mano bajo la cabeza.

—La situación con Brendan se ha salido de madre y, la verdad, me pone de los nervios.

—Es como un niño, ¿no? Yo tampoco sé qué hacer con él.

Adam dio un largo suspiro.

—Que lo follen —dijo. Se acercó con brusquedad y se me puso encima.

—Fóllame —dije. No me gustaba la palabra, pero en ese momento estaba excitada.

Un poco más tarde Adam preguntó en tono tranquilo y sincero:

—Entonces, ¿dejamos de beber?

—De acuerdo —dije deseando dar un largo trago de vino que me ayudara a dormir.

El sexo no me había hecho absolutamente nada.

El domingo, cuando estaba en la pequeña cocina del señor Robson, me fijé en que había dos billetes de cinco libras debajo del bote de café. Desvié la vista rápido y le pregunté si quería que le sirviera.

—Por favor —dijo poniendo un tapetito de lino bordado bajo mi taza.

—Qué bonito —señalé.

—Mi mujer cosía muy bien.

Distinguí un trozo de tierra removida a través de la ventana.

—Veo que Brendan ha estado ocupado —dije.

—Me ha arrancado algunas plantas —dijo el señor Robson con voz sombría—. En fin, no creo que vuelva a hacerlo.

—Tal vez no es la persona apropiada.

—Es muy descuidado, pero creo que ha aprendido la lección.

—¿Lección? —repetí como si fuera tonta.

—No se preocupe, querida, Brendan y yo nos entendemos. No es una persona complicada, pero digamos que, como he conocido la mente criminal, dispongo de maneras de acercarme a él.

—Brendan no es un criminal —dije golpeando la taza contra el platillo.

—Tal vez no debería pensar así, pero tiene un patrón de conducta que puede asociarse con el crimen. Me interesa.

—Me sorprende oír eso, señor Robson. Está claro que no le habría hablado de él sabiendo que está dentro de la categoría de los criminales.

—Estoy seguro de que no, querida. Quería decir más bien que Brendan es de esas personas que tienen un enfoque directo de la vida, es un tipo simple que ve las situaciones en blanco y negro, más que en sus diversos matices de gris, como usted y yo. Pero no hay que preocuparse por él —se apresuró a añadir—. Nos queda mucho trabajo por delante.

Las notas que encabezaban el capítulo «Habilidades de la conducta humana en animales» estaban aderezadas con un montón de jerga que no entendía. Ciertas partes que sí podía comprender me llamaron la atención unos instantes, pero en general cumplí la tarea con una sensación constante de aburrimiento, convencida de que el señor Robson, aunque no exactamente loco, era una persona muy excéntrica. Cuando en un momento del día fui al baño, reparé por primera vez en la presencia de un agujerito redondo sobre la cisterna. En un arrebato, lo tapé con un viejo envoltorio de galleta que llevaba en el bolsillo. Luego seguí al señor Robson hasta el dormitorio, reconfortada por la fragilidad con que movía los hombros y su forma de tambalearse, propia del paso incierto de un viejo.

—Temo que encuentre todo esto muy extraño —murmuró cuando me hube sentado frente al espejo de su tocador—, pero espero que entienda que lo único que le pido es que… —Se calló de repente.

—Sí —dije contemplando mi reflejo pálido y cansado en el espejo.

—Ahora, querida, desnúdese muy despacio mientras yo me pongo detrás del biombo. Como sabe, es la única manera en que puedo…

—Sí, lo sé —dije con un suspiro, pensando que al menos podría haber caldeado el dormitorio.

Carraspeó y desapareció tras el biombo.

Al salir, cogí los dos billetes de cinco que estaban debajo del bote de café.

—¿Es esto…? —le pregunté sacudiéndolos delante de sus narices.

—Sí sí, eso es —dijo asintiendo como si acabara de descubrir nuevos datos acerca de la conducta humana en los animales.

—¿No podría conseguirme otra cosa? —le pregunté a la señora Rossi—. Ahora mismo no me siento muy cómoda en mi situación. La verdad es que no aguanto al señor Robson. Es muy complicado.

—Como la mayoría de gente —replicó ella, y se llevó un bombón de chocolate negro a la boca con gesto lánguido.

Me tendió la caja, pero deseché el ofrecimiento de un manotazo.

—Está loco. —Y añadí—: Bueno, seguramente algo peor que loco.

—Pero es generoso —dijo.

—Está enfermo —sentencié.

—Pero es generoso —volvió a decir.

—Es un tipo repugnante, quizá peligroso.

—No vas a conseguir un puesto mejor —dijo metiendo los bombones en el cajón y tanteando en el interior como si buscara algo.

—No se moleste sacando las cartas —dije—. No tengo tiempo para eso.

—Pues no sé de qué otro modo podría ayudarte —dijo—. Además, estoy liquidando todos mis asuntos. Me he cansado de vivir en este país. La gente no está interesada en el ocultismo. Prefieren creer en Dios y toda esa basura.

—La adivinación no es una ciencia exacta —afirmé.

—Estoy harta de la seguridad. A veces es preferible la muerte.

—Sé cómo se siente —dije—. Creí que el dinero podría ser una buena razón para quedarme junto al señor Robson, pero no soporto que se esconda detrás del biombo. Es viejo y huele mal.

—¿Detrás del biombo? —Un destello le brilló en los ojos y se echó a reír—. ¿Qué hace?

—No lo sé, pero tengo mis sospechas.

Las dos estallamos en risas.

—Cuando era joven, llegué a conocerlo bastante bien —dijo secándose los ojos.

—Ahora se dedica a estudiar la conducta humana en los animales.

—Ay, no me cuentes más —dijo la señora Rossi con la mano sobre el costado agitado por la risa—. Al final acabaré lesionada.

—Pero ¿entiende lo que quiero decir? —dije cuando ya se calmó y sacó su larga boquilla—. Aún soy joven, y esta no es vida para una madre trabajadora.

Las carcajadas de la señora Rossi amenazaron con estallar de nuevo.

—Oiga, ¿no podría conseguirme algo relacionado con la adivinación? —dije—. Podría ser su recepcionista.

—Para eso ya tengo a Poppy.

Agaché la cabeza, como vencida por la desesperación.

—Entonces, ya está —dije.

—¿Por qué no probamos con una tirada de cartas? —preguntó—. Tal vez ayuden.

—Si el futuro es tan cierto, no puedo hacer nada para cambiarlo.

—Es verdad —concedió—. Escucha —dijo de pronto—. Veré lo que puedo hacer por ti una vez que me haya establecido en otro sitio. Mientras tanto, quédate con el señor Robson. Es generoso y, a fin de cuentas, no es tan mal tipo. Imagínate que la espicha y te deja una fortuna.

9

—¿Cuánto tengo ahora? —preguntó Brendan.

Y me dio dos libras para que las metiera en la cuenta de ahorro de correos.

—Querrás decir cuánto tenemos —corregí—. Pues entre los dos tenemos siete libras y diez chelines.

Estaba sentado con los codos sobre la mesa de la cocina y las manos ahuecadas sobre la cara.

—No está mal. —Parecía impresionado.

—Yo creo que es maravilloso —dije.

Me anudé un pañuelo de gasa a un lado del cuello.

—¿Qué tal me queda?

—Impresionante, pero ¿para qué es?

—¿El pañuelo?

—El dinero.

—A veces me agotas —dije en voz baja—. Tengo que explicarte las cosas una y otra vez. Me recuerdas a Lennie, el chico de *De ratones y hombres.*

—¿Qué chico? —Levantó los brazos y me miró fijamente.

—Mira, cuando tengamos bastante, podremos hacer algún negocio juntos. Conozco a una mujer que es maravillosa echando las cartas, y eso es algo que a la gente siempre le interesa, pero necesita un cierto capital para alquilar un buen local y a una pareja de ayudantes que se encarguen de varias tareas…

—Creí que nos iríamos de vacaciones los tres, Adam, tú y yo.

—Bueno, entonces más vale que te devuelva el dinero, porque veo que es inútil.

Se levantó y me agarró la mano.

—No, por favor. Estoy de acuerdo en lo de entrar en ese negocio.

Le besé la frente húmeda. Brendan sudaba mucho, seguramente porque pesaba mucho.

—Pues antes de eso tendrás que cortarte el pelo y limpiar el traje. Está lleno de manchas.

Me callé cuando Adam entró a la cocina frotándose las manos, recién afeitado y con la cara rosada. Comparado con Brendan, tenía un aspecto impecable.

—Espero que estemos todos listos. —Sonrió.

Y, los tres del brazo, nos encaminamos hacia el pub felices como los tres mosqueteros.

El domingo por la mañana abrí los ojos con la sensación de tenerlos pegados con cola. Adam dormía con la cabeza bajo la almohada, balbuceando cosas incomprensibles. Miré desconsolada el despertador y me tapé con la sábana hasta la cabeza. Entonces entraron los niños y se sentaron encima, saltando sobre nosotros como si montaran en poni.

—¡Queremos desayunar! —gritó Rae.

Adam levantó la cabeza y graznó:

—Id a freír unas salchichas.

Consideré la posibilidad de alegar una enfermedad terminal, pero el señor Robson sobrevolaba mi mente como un repique de las campanas para los fieles.

—La última vez que las hicimos nosotros se quemaron —declaró Robert.

—Solo por fuera —dije—. Por dentro estaban crudas. —Me dirigí a la espalda de Adam—: ¿Por qué no puedes hacer tú el desayuno? No estás ocupado en nada más.

—Aparte de lavar, planchar, cocinar y limpiar.

—Planchar no —dije tranquila—. Ya sabes que yo tengo que salir a ganar dinero.

—¿A cambio de qué? Eso es lo que me gustaría saber.

—¿El señor Robson es un buen hombre? —preguntó Rae de la manera más inoportuna.

—No especialmente, pero me paga por que le pase cosas a máquina.

Adam estalló en una risa como un ladrido de perro.

—No os creáis ni una palabra de lo que dice.

—¿Nos das un poco?

—Id a preparar los copos de maíz y os daré un chelín a cada uno. —Se largaron. Adam se volvió hacia mí con aire amenazador—. De todo ese dinero que ganas, aquí no vemos ni un céntimo. ¿Qué haces con él?

Cerré los ojos y junté las manos como si rezara.

—Estoy ahorrando.

—¿Para qué?

—Pues porque... —dije despacio, como si fuera una niña incapaz de tomarse las cosas con calma—. Voy a emprender un negocio, para que lo sepas. —Saqué las piernas de la cama con un gesto apurado y me puse un abrigo viejo que usaba a modo de bata.

—¿Un negocio? —Se sentó en la cama muy tieso.

Casi llegué a pensar que se le pondrían los pelos de punta.

—Sí, un negocio —repetí aliviada por haber pronunciado la palabra.

Saltó de la cama y me agarró por las solapas del abrigo como si hubiera dicho algo infame.

—¿Qué diablos estás tramando?

—Tranquilízate —dije—. Quería que fuera un secreto. Iba a decírtelo en cuanto las cosas empezaran a rodar. Tengo planes para nosotros, planes importantes, de verdad, pero claro, sabía que no lo entenderías.

—Estás loca —dijo desplomándose otra vez en la cama. Parecía exhausto.

—Para eso trabajo toda la semana y los domingos, para ahorrar dinero.

—¿Qué clase de negocio? —preguntó sin fuerzas.

—No te lo vas a creer —dije entre risas mientras me vestía a toda velocidad.

—A ver, suéltalo.

—¿Recuerdas a esa Mai que vino al pub hace poco?

—¿La que parecía una puta?

—En serio, Adam. Es una mujer muy buena y razonable. Lo único es que se maquilla demasiado, y ya está.

—Venga, sigue con lo del negocio.

—Bueno, espero que me estés escuchando con atención.

Asintió. Se le había quedado la boca abierta.

—La mujer de la agencia, la señora Rossi... Te he hablado de ella...

Sacudió la cabeza y cerró los ojos.

—Pues ella, Mai y yo vamos a ser socias de la agencia...

—¿Prostitutas?

Retomé la explicación ignorando la pregunta:

—La señora Rossi quiere que el negocio crezca, pero necesita a dos socias como Mai y yo. —Me sentí incapaz de seguir inventando, así que rematé—: O lo tomas o lo dejas, Adam, pero yo tengo ambiciones y no quiero que te interpongas en mi camino.

—Muy bien —dijo—. Perfecto. —Bostezó.

Tuve la impresión de que estaba pálido. Cuando yo salía de la habitación, dijo:

—Yo también tengo mis ambiciones. Cuando vuelvas ya no estaré.

Asentí y le eché una mirada compasiva. Ya había oído lo mismo otras veces.

Como no tenía mucha prisa por ver al señor Robson, al atravesar su jardín me recreé admirando las fucsias, los rododendros, las rosas y demás flores con la incómoda sensación de que podría estar espiándome tras las cortinas. Pasé otros cinco minutos dando vueltas por el patio trasero de la casa, contemplando la tierra removida, entre rojiza y parda, que al parecer Brendan había estado cavando. Aunque se veía bien que no contribuía a embellecer el rincón, seguro que había una razón por la que estaba allí. Vi una camiseta de malla tendida en una cuerda, inofensiva pero muy sugerente con respecto al viejo cuerpo del señor Robson. Sacudí la cabeza para eliminar aquella imagen y llamé a la puerta de atrás con fuerza. Estaba abierta de par en par, de modo que entré. En la cocina, pasé la mano por la encimera de mármol junto al fregadero y rocé las sedosas cortinas de encaje que decoraban las ventanas. Abrí el armario de encima del fregadero y saqué dos tazas con sus platillos, con vistas a tomar el café. Entonces decidí que ya había ido lo bastante lejos con los utensilios del señor Robson, de modo que lo esperé sentada en el taburete de la cocina. Al cabo de cinco minutos grité:

—¡Señor Robson, ya estoy aquí!

Entré de puntillas al amplio estudio y escudriñé las fotografías de las paredes, sobre todo la del hombre con la expresión resuelta que murió ahorcado, pero tenía la cabeza en otra parte, inquieta por la ausencia del señor Robson. Salí y empecé a subir las escaleras hacia el dormitorio gritando:

—¿Está ahí, señor Robson?

Entré en la habitación vacía y no pude resistirme a mirar detrás del biombo, pero no encontré nada más que una mesa con unas hojas encima. Lo llamé de nuevo, y entonces vi una hoja con mi nombre y la cogí para leerla con una mezcla de asombro, alivio y rabia. Un párrafo decía:

> Al parecer, este sujeto es una joven imprudente, dispuesta a recalar en una situación sin pensar ni por un momento en sus consecuencias. Tomando en consideración ciertos factores, podría ser un peligro para la sociedad. Se sienta al

otro lado del biombo sin recelo alguno, con un aire expectante que, de no ser por su interés, resultaría aterrador. Estas pruebas sencillas han demostrado…

Dejé de leer al oír un ruido procedente de abajo, pero tras bajar corriendo las escaleras hacia la cocina, descubrí que había sido un portazo provocado por una ráfaga de aire. La cerré con un gesto enérgico. Las actividades de aquel viejo extraviado me daban ganas de vomitar. Me pareció que le había enseñado mi alma por unas libras irrisorias. De camino a casa me tranquilicé. En realidad, no me había hecho ningún daño. Podía mostrarle mucho más siempre y cuando el precio estuviera acorde con el servicio. A ese punto había llegado mi desesperación.

El lado de la cama de Adam estaba sin hacer. La habitación de los niños parecía desvalijada, con todos los cajones abiertos. La alfombra lucía llena de copos de maíz. En el piso de abajo, encima de la radio, encontré un sobre con un mensaje que decía:

«Adiós, Betty, me llevo a los niños. Siento que las cosas no funcionaran. Espero que tengas éxito en tus negocios».

Mi primera reacción fue de estupor, luego de ira y al final de alivio. Ahora podía hacer lo que quisiera sin tener a Adam encima. Supuse que dejaría a los niños con su madrastra, que los acogería encantada. Siempre los llenaba de mimos y atenciones a la menor oportunidad. Se refería a ellos como «esos pobres corderillos desatendidos». Entonces mi principal problema era encontrar la manera de avisar a Brendan. Nunca aparecía por casa los domingos.

El lunes por la mañana el señor Robson no vino al despacho.

—¿Sabe algo de él? —le pregunté a la señorita Benson—. El domingo, cuando fui a su casa para mecanografiarle unas cosas, no estaba.

—Ah, sí, es verdad, que usted le mecanografía sus cosas —dijo con una sonrisa misteriosa—. No, no ha llamado.

Me pasé la mañana allí sentada, bostezando y arreglándome las uñas con mi set de manicura. Me ofrecí a pasar a máquina el trabajo de las compañeras para entretenerme un poco, pero todas rechazaron la oferta. Me sentí hundida en la miseria por todo lo que me rodeaba. Echaba de menos al señor Robson y deseé que volviera o, por lo menos, diera señales de vida. A la hora de comer me alegré de ver a Mai en la cafetería. Me escuchó abstraída mientras le contaba lo del señor Robson.

—Lo más seguro es que haya pillado una gripe y ni se haya molestado en llamar —dijo.

—Pero el domingo no estaba en su casa.

—Tal vez haya decidido irse de vacaciones.

—Podría ser —dije.

Después de eso, no nos quedaba mucho por decir. De pronto nos habíamos convertido en extrañas que solo hablaban del tiempo.

—Ay, se me olvidaba decirte una cosa —dijo cuando salimos a la calle—. Me han cambiado el turno de la comida y no sé cuándo podremos vernos otra vez. Ya te llamaré.

—Muy bien —respondí con el mismo tono distraído antes de tomar el autobús de vuelta.

Estoy mirando por la terraza del hospital del pueblo hacia una parada de autobús cubierta de grafitis. Puedo distinguir el mensaje «Que se joda el papa». Lady Lipton está dormida. Se ha pasado dormida casi todo mi relato. Me sorprendo cuando me pregunta con los ojos aún cerrados:

—¿Eso es todo?

—¿Todo el qué? —dije deseando estar ahí sentada bajo la marquesina hablando con algún borracho con quien poder compartir una botella.

—Dijiste que tomaste el autobús de vuelta. ¿Qué pasó después?

—¿Estaba escuchándome?

—La mayor parte del tiempo sí, aunque quizá me he quedado un poco traspuesta en las partes aburridas. Por favor, continúa.

—De todas maneras, es todo mentira —dije bruscamente.

—Me parece como una de esas historias de misterio en las que tienes que seguir un montón de pistas falsas antes de llegar a lo importante. Créeme, porque tengo una pila de ellas en el cajón y conozco el mecanismo de memoria. ¿Qué pasó cuando tomaste el autobús? Supongo que tu marido y los niños volvieron, y el señor Robson te escribió una carta diciendo que ya no necesitaba tus servicios. ¿Es así?

—Nunca volví a ver al señor Robson y, de hecho, mi marido se buscó a otra.

Me aferré a la barandilla de la terraza. Me pregunté si debía saltar a la calle de abajo y dejarlo todo perdido, pero la barandilla era demasiado alta para poder trepar por ella. Qué lástima, pensé en ese momento. Volví la espalda a la vieja. Ya le había contado bastante.

Estuve un tiempo sin querer saber nada de Chalmers y Stroud para dejar que el señor Robson se preocupara por mí. En casa me dedicaba a lavar y pulir todo lo que encontraba, disfrutando de la paz y el silencio de la casa, así como del dinero que ahorraba en comida desde que Adam y los niños se habían marchado. Por las noches no sentía ninguna soledad en la cama de matrimonio. Podía estirarme y dar todas las vueltas que quisiera sin toparme con la rígida animosidad de Adam. Cuando el sol entraba por las ventanas relucientes cada mañana, era como estar de vacaciones. La cocina también tenía un aspecto de lo más extraño cuando me deleitaba saboreando con delicadeza las tostadas con mermelada: estaba ordenada y decorada con estilo, con un ramo de rosas robadas del jardín del vecino en el centro de la mesa. Luego recuerdo una fina llovizna mientras me dirigía a la oficina de correos a sacar dinero de la cuenta de ahorro. El primer golpe me cayó cuando llamé a la puerta de la señora Rossi y descubrí que estaba cerrada. Llamé y aporreé en vano. Al final apareció un hombre en el descansillo de abajo y gritó:

—¿No sabe que se ha largado? —Y luego añadió—: ¡Qué cosa más rara! —Lo dijo en un tono que sonó inquisitivo.

Bajé corriendo hasta el rellano y le pregunté, aunque sabía que sería inútil:

—¿Tiene alguna idea de dónde ha ido?

Negó con la cabeza.

—Le debe dinero, ¿no? —Y sin esperar respuesta, volvió a meterse en su casa.

Enterarme de la partida de la señora Rossi —a diferencia de la de Adam y los niños, que por entonces creía temporal— me entristeció. Llamé a Chalmers y Stroud, y una alterada señorita Benson me contó que no sabían nada del señor Robson, aunque eso no era nada nuevo porque de todos era conocido que a veces, cuando le venía en gana, se iba pasar unos días de vacaciones a algún hotel de lujo en el extranjero.

—Supongo que para usted es muy inconveniente —dijo con un hilo de insinceridad en la voz.

—No pasa nada —dije—. Me trae sin cuidado.

—Le avisaré cuando regrese, pero…

—No me cabe duda de que él mismo me avisará —dije con un gesto de despedida.

Brendan apareció justo después de haber tirado casi toda la lata de atún y remolacha que tenía para comer al cubo de la basura y remplazarla por un vaso de vodka. Me siguió hasta la cocina. Le dije que se sentara y le serví un vaso, que se acabó de un trago como si fuera agua.

—Es vodka con limón —aclaré.

Asintió, se limpió la boca, miró atrás inquieto y dijo:

—Muy bueno. ¿Me pones otro?

—No seas tan ansioso.

Pero rellené su vaso y el mío añadiendo un chorrito de limón. La mano que agarró el vaso estaba sucia, con las uñas llenas de mugre incrustada.

—Estás hecho un desastre, Brendan, peor que de costumbre. Tendrías que haberte lavado.

Me miró como si hablara en un idioma extranjero.

—Por cierto, Adam se ha ido —dije en voz muy alta, como si estuviera sordo.

—¿Adónde?

—Se marchó hace unos días, y se llevó a los niños.

Brendan emitió un sonido con la garganta, una especie de hipido o sollozo. La cara se le arrugó y se echó a llorar como un niño.

—Por el amor de Dios, me ha dejado a mí, no a ti.

—¿Y qué voy a hacer ahora? —gimió apretando la cabeza contra la mesa.

—Beberte otra copa, ni más ni menos. —Me quedé mirando su cabeza inclinada con aversión—. Vete a lavarte y a limpiar ese traje. Parece como si hubieras pasado la noche en un establo con él puesto. Luego podemos salir y pasar un buen rato.

Brendan alzó la vista. Tenía los ojos como charcos de barro.

—Sin Adam no es lo mismo.

—Estoy de acuerdo, pero llevo toda la semana sola en esta casa y quiero salir.

Lo levanté de la silla y lo empujé hasta el baño. Estaba claro que sin Adam no era lo mismo, pero se nos pasaría. Lo importante era la libertad.

Una vez en el pub, me sentí mucho más animada, achispada gracias al vodka que llevaba en el cuerpo. Ahora Brendan soltaba risitas.

—Por fin solos —dije tratando de que me dedicara una de sus miradas azules y expresivas.

—¡A la salud de Adam! —Sostenía el vaso torcido en el aire, de modo que derramó un poco de bebida.

—Dime, ¿qué ha pasado con el señor Robson? —le dije después de un rato de cháchara.

—¿Quién es ese? —Se desató en una risita incontrolable.

—Estás borracho —dije.

Me acercó el dedo a la nariz.

—Qué guapa eres. ¿Quieres casarte conmigo?

—Qué tonto eres —dije cediendo ante su cara fatua y radiante—. A pesar de todo, siempre te querré. —Le tracé una cruz en la frente—. Entonces, ¿qué pasó con el señor Robson?

—Que le den a ese viejo cabrón, eso pasó.

Me impresionó el tono tan violento del comentario.

—Tienes razón. Me debe dinero.

—No te preocupes por el dinero. ¡Mira! —Me enseñó un billete de diez libras—. Donde los encontré hay más.

Era una visión magnífica. Nunca me había sentido tan feliz. Era como Irma la dulce ante el amor de su vida.

—Mañana nos vamos a la playa —dije—. Nos sentaremos en la terraza de un hotel a dar sorbos al martini debajo de una sombrilla.

—Y podemos ir a las carreras, a apostar a los caballos —dijo Brendan entusiasmado.

—Sí, yo las veré con unos prismáticos —apunté.

Nos cogimos las manos y seguimos haciendo planes estrafalarios y riéndonos a carcajadas. El barman se acercó a limpiarnos la mesa.

—¿Dónde está Adam? —preguntó con una mirada reprobadora.

—Se ha ido —dije.

—Se lo llevó el viento —añadió Brendan rayando la histeria.

—Controlad un poco la bebida —dijo el barman—. No quiero tener que echaros.

Le guiñé un ojo.

—Es el cumpleaños de Brendan. Estamos celebrándolo.

El barman se alejó con cara de no querer oír hablar más del asunto. El humor de Brendan se ensombreció rápido.

—Espero que vuelva —dijo nervioso.

Un par de rondas después estaba llorando.

—Venga, vámonos —dije al ver que el barman no nos quitaba ojo de encima.

Al pasar delante de la tienda compré una botella de vino dulce. Cada cierto tiempo tenía que volver atrás y recoger a Brendan del suelo para arrastrarlo. Se paraba delante de cada farola y se quedaba vacilando como un perro. Ya en casa, me serví una copa mientras él vomitaba en el baño. Cuando salió, se sentó en la silla de Adam pálido, burdo e infeliz.

—Acuéstate —le dije.

Se alejó con unos pasos como de oso herido. Oí muchos golpetazos en las escaleras, pero no me molesté en investigar. Tal y como estaban saliendo las cosas, no tener noticias eran buenas noticias. Entonces recogí la ropa tendida en las cuerdas y empecé a doblarla: una falda de Rae, una camisa de Robert y unos calcetines de Adam. Dije en voz alta y tono dramático de borracha:

—Esto es todo lo que queda de mi familia.

Y luego me serví otro vaso de vino con el —un poco más feliz— pensamiento de que al día siguiente Brendan y yo nos iríamos a la playa. El lunes iría a buscar a Adam y los niños y empezaríamos de nuevo. Veía claro que no podía pasarme el resto de mi vida junto a Brendan. Al cabo de un rato me lo encontré despatarrado en la cama con la ropa puesta. Ni siquiera se había quitado las botas. Traté de empujarlo y taparlo, pero pesaba como un buey. Me fui tambaleándome a la habitación de los niños y me tumbé en la cama de Rae. Con el olor del champú Johnson's que una amiga le había regalado por su cumpleaños, me quedé dormida.

El sábado me desperté inquieta. Miré el pequeño reloj de Disney de la cómoda de Rae. Marcaba la una y media. Seguro que se había parado. Me lo acerqué a la oreja, incrédula, y escuché el firme tictac.

—¡Brendan! —grité corriendo escaleras arriba hacia mi habitación, sorprendida al ver que llevaba la ropa puesta.

Aparte de unas mantas arrugadas y una mancha en el edredón, no se veía ni rastro de él.

—¡Brendan, no me dejes! —sollocé tropezando por las escaleras en mi afán por llegar a la cocina, pero sabía que no estaría allí.

La puerta principal tenía una rendija abierta. Ni siquiera la había cerrado bien, pensé con amargura. Me tomé un café mientras trataba de asimilarlo todo. Era como una película mala donde intentaba encajar las piezas y sabía que el asesino era el menos sospechoso, a la vez que pensaba que la única explicación de que la trama fuera tan mala era que el guionista debía de estar loco. El hecho era el siguiente: todos aquellos a los que estaba ligada de algún modo desaparecían uno tras otro. Pensé que lo mejor era ponerme a rezar para que volvieran, pero me parecía como rendirme o ir contra mis principios. Además, tal vez Brendan se había ido a casa a cambiarse para el viaje. «Podemos ir a las carreras», había dicho, pero no me lo imaginaba preocupándose por su aspecto. De todas maneras, apenas tenía ropa para cambiarse. Tal vez solo había ido a ver a su madre. Tal vez esto, tal vez lo otro. Me quité el vestido arrugado, me quedé en combinación, me lavé la cara y me senté a esperar a que regresara, puesto que no tenía nada que hacer salvo acabar la botella de vino que reposaba sobre la mesa. Así pude quitarle hierro al asunto. Hacía un calor pegajoso. Me entraron ganas de tenderme en la hierba del patio trasero, pero, en lugar de eso, me tumbé en el sofá del comedor cantando trozos de canciones como *See what the boys in the back room will have* o *The isle of Capri.* Tuve conversaciones con gente como Adam o la señora Rossi, que me acompañaban en el pensamiento, si no en la realidad. De hecho, lo pasé bien un rato antes de dormirme, oyendo a Brendan cantar: *Gwine to run all night, gwine to run all day, I'll bet my money on de bobtail nag*[1].

«Tiene cierto sentido del humor», pensé soñolienta.

No recuerdo gran cosa del resto del fin de semana, pero supongo que por la noche me vestí y salí a la tienda a por otra botella. Tengo la vaga imagen de estar sentada en el patio al atardecer con la lluvia deslizándose por mi frente. Creo que me sentí muy desgraciada hasta que el vecino se alzó ante mí con aires amenazadores.

—Métete en tus asuntos —le dije, pero como me olí que habría problemas, me retiré adentro aferrada a la botella.

Me pasé casi todo el domingo durmiendo, pero tuve que levantarme forzada por una sed que me cegaba. Entre las sombras de la cocina, busqué el grifo a tientas y me di cuenta de que estaba completamente sola.

---

[1] *Correré todo el día, correré toda la noche y apostaré todo mi dinero al viejo caballo colín.* [Nota de la traductora].

10

Le di un codazo a Lady Lipton, que se había quedado traspuesta una vez más.

—¿Ha escuchado lo que decía? —le grité al oído—. Que estaba completamente sola.

Tras un pequeño sobresalto, respondió:

—Que cierre los ojos no quiere decir que no haya seguido tu historia. Ese tal Brendan me parece un tipo muy soso. No sé qué viste en él. Me interesaba más el señor Robson, que puede que fuera un poco raro, pero al menos tenía cierta educación. ¿Qué fue de él?

—Ay, el señor Robson. —Sonreí—. Ya llegaremos a él. Todo a su tiempo. —Me recosté en la silla y cerré los ojos mientras me mecía con suavidad.

Me pellizcó el brazo con fuerza.

—Anda, dime, ¿qué fue de él?

—Bueno. —Volví a quedarme en silencio.

Sentía la cabeza a punto de estallar, exhausta por todo aquello que para mí ya era historia.

—Continúa —dijo alargando los dedos, listos para un nuevo pellizco.

Seguí contando.

Después de aquello las cosas se volvieron un poco difusas. Estuve una semana más en casa, la mayor parte del tiempo medio borracha. Tenía dinero suficiente en la cuenta de ahorro para comprar bebida. No recuerdo comer nada. De vez en cuando volvía a tener buenos ratos. Todos venían a escucharme. Nunca dijeron gran cosa, solo estaban ahí, en mi mente, pero escuchaban: Adam, Brendan, el señor Robson, a veces Mai y la señora Rossi. Lo más seguro es que se me fuera la cabeza, lo admito. Estoy convencida de que una vez vino Adam de verdad. Como de costumbre, empezó a acusarme a gritos, y yo me tapé con una manta hasta la cabeza para no oír su voz. Al final vino una asistente social. Supongo que tengo que darle las gracias al muy cerdo.

Cuando al cabo de un tiempo vino a visitarme aquí, se sentó en el borde de la cama mirándose las uñas. Le dije que no tenía buen aspecto y le pregunté si seguía bebiendo.

—La verdad es que no —respondió—. Quizá por eso no tengo buen aspecto.

—Pues yo me siento de maravilla —dije luchando por incorporarme.

Me miré el camisón blanco y áspero de hospital que llevaba puesto y le pedí que la próxima vez me trajera uno decente.

—¿Tienes alguno? —preguntó—. No recuerdo haberte visto nunca ninguno.

Le pedí que me comprara uno por el amor de Dios, y le pregunté si acaso no le importaba mi aspecto.

—Te traeré uno —zanjó.

Le pregunté cómo estaban los niños.

—Felices. —Apartó la vista como si no soportara la imagen que yo le ofrecía.

Le pregunté cómo se las arreglaba sin mí y contestó:

—Muy bien.

Le dije que esperaba que mantuviera la casa en orden, porque yo la había dejado muy limpia.

Parecía tan miserable que sentí el deseo de perdonarlo, y luego dijo que la casa ya no era responsabilidad suya y que «Hace ya un mes que te dejé, ¿no te acuerdas?».

—Uy, cómo pasa el tiempo —dije.

Después de una larga pausa, le pregunté por qué había venido a verme. Me contestó que porque había estado muy enferma y porque era la madre de sus hijos. Me eché a reír y sentí una punzada de dolor el pecho.

—¡La madre de tus hijos! Eso suena a frase de libro, como «La pluma de mi tía», que aprendíamos en la clase de francés.

—Yo nunca di francés —dijo con la misma cara de mártir que tenía al volver de la guerra, el día que pasó por debajo de nuestra casa.

—Bienvenido a casa, Adam —dije.

Se lo tomó al pie de la letra.

—Es inútil, Betty —dijo—. No voy a volver. No digo que todo fuera culpa tuya, pero después de lo que ha pasado, no podría asumirlo.

—Vete a la mierda —dije y cerré los ojos.

La cama crujió como si se hubiera levantado. Abrí los ojos sabiendo que estaba a punto de irse.

—Pero ¿qué fue lo que pasó? Estuve un tiempo borracha. ¿Qué problema hay?

—El problema que hay —dijo taladrándome con la mirada— es que han detenido a Brendan por asesinato.

Cerré los ojos para ocultar la conmoción y dije que no me sorprendía.

—Eres la más lista de todos, ¿eh? —dijo Adam—. Así que no te sorprende. Entonces, ¿lo arreglaste igual que arreglabas todo lo demás?

Sacudí la cabeza. Estaba demasiado cansada para discutir. Quería que se fuera. Se acercó a agarrarme la muñeca con fuerza. Me hacía daño.

—Le metiste en la cabeza que trabajara para Robson.

Le dije que solo fue una sugerencia.

—Y el dinero que ahorró por sugerencia tuya, ¿qué ha pasado con él?

Le dije que me lo había bebido, por eso estaba allí, y le pedí que me soltara porque me estaba haciendo daño. Me soltó con una mirada de desprecio, o de odio, o de ambas cosas.

—Así que asesinó al señor Robson —dije metiendo las manos bajo la manta, que se me habían puesto muy frías.

—Y tú le diste la idea —dijo él.

Le dije que se marchara para poder pensar con calma. Cuando se levantó, parecía una aparición. Me pregunté si estaría soñando, pero no.

—Fue muy cruel. Golpeó a Robson en un lado de la cabeza con una pala. Casi no pudieron reconocer el cuerpo cuando lo encontraron en la caseta del jardín. ¿No te impresiona eso?

—Ya lo pensaré más tarde —prometí—. Ahora vete o llamaré a la enfermera.

Hundí la cabeza en la almohada mientras oía sus pasos alejarse. Cuando vino la enfermera, le pedí una pastilla para dormir.

—Ahora no, querida —me dijo, de modo que le dije que me trajera mis cosas, que no podía quedarme allí parada, que necesitaba beber algo, que mi marido siempre me alteraba.

Al final me dio un vaso con algo.

—Prométame que no dejará entrar a ninguna visita —le dije—. Y menos a él. Estoy aquí por su culpa. Me gusta este lugar, ojalá pudiera pasarme la vida aquí.

Las enfermeras parecen sentir cierto aprecio por mí, quizá porque me tomo sus pastillas sin protestar. No soy de esas que se quejan diciendo que nos convierten a todos en yonquis. Me trae sin cuidado. Me gusta ayudar a repartir el té con bizcochos antes de irme a la cama para la siesta de la tarde. Me sienta bien. Por la noche, antes de que apaguen las luces, las pastillas me dan una sensación de atontamiento muy agradable, y puedo relajarme como si me hubiera tomado una buena copa de vino. Estoy en una de las mejores épocas de mi vida.

Hoy Lady Lipton parece estar en trance. Tiene los ojos abiertos pero no parpadea. Le acerco la mano a la cara y la muevo arriba y abajo.

—No hagas eso, zorra —dice.

—Pensaba que estaba en coma.

—Solo estaba pensando que hoy el té se retrasa.

—¿Solo eso? ¿No pensaba en nada más?

—En realidad, no. ¿De verdad convenciste a ese tal Brendan para que matara al señor Robson?

—Por supuesto que no —grité ofendida—. ¿De qué me servía el señor Robson muerto?

—¿Tal vez por venganza?

—¿Venganza de qué? ¡Que no era mi amante, por Dios!

—La gente miente —me dijo con una mirada desdeñosa.

—Eso es verdad. Yo no me creo que sea usted una *lady.*

—Lo que tú creas no importa —dijo—. Lo que cuenta es lo que está en mi cabeza, y yo sé que es verdad.

—Entonces, ¿usted era aristócrata? —pregunté con una mueca.

—Cuando miro atrás, veo que estuve bastante cerca de serlo. No fue hasta que murió mi marido cuando todo empezó a torcerse.

—¿Quiere decir que se dio a la bebida?

—Si prefieres decirlo de ese modo... —dijo con expresión impertérrita—. Pero que me quiten lo *bailao* —añadió.

—Adam me dijo una vez que venimos a este mundo para mirar una imagen, y depende de cada uno si esa imagen le gusta o no. La que él miraba era de la guerra —expliqué—. Era un hombre perturbado.

Me miró como si no me entendiera. En ese momento entró una enfermera con té y magdalenas.

—Aquí tenéis, queridas —dijo con una sonrisa caritativa.

Cuando nos dio la espalda, le hice la peineta.

—Eres muy grosera —dijo Lady Lipton metiéndose en la boca una magdalena diminuta con la que se atragantó—. Ay, querida, me parece que últimamente tengo problemas para tragar —dijo una vez recobrado el aliento, y añadió sin pausa—: Entonces, ¿colgaron a Brendan?

—Ahora la pena de muerte está prohibida. Además, el abogado alegó responsabilidad atenuada.

—Me pone enferma pensar en todos esos matones por ahí sueltos. Hoy en día la juventud no tiene decencia ninguna.

—Brendan no era tan joven. Rondaba los treinta. Y usted no conocía al señor Robson.

—Por lo que dices, era un caballero; excéntrico, diría yo, pero un caballero a pesar de todo.

—Tómese mi magdalena —le dije—. Está un poco correosa, pero no tanto como para que lo note.

—Supongo que irás a verlo a la cárcel.

—Claro que no, ¿por qué tendría que hacerlo?

—Pensé que te gustaba, que era tu novio.

—¿Brendan? —Me eché a reír—. Era tan estúpido que no servía para nada, ni siquiera para actuar en su propio beneficio. Adam me dejó por su culpa. Nunca podría perdonárselo.

—No puede ser todo culpa suya —dijo Lady Lipton—. Si tu marido se lio con otra, te habría dejado de todas maneras.

Me enfadé tanto que empecé a sacudirla por los hombros.

—¿Y cómo sabe lo que habría hecho mi marido? ¿Y si le dijera que me lo he inventado todo?

—Entonces, ¿por qué estás tan enfadada? —preguntó frotándose el brazo sin ningún gesto de dolor.

—No todo es verdad, solo una parte —dije lamentando haber abierto la boca—. Estoy casada con un hombre llamado Adam, que tenía un amigo, Brendan. Resulta que un día me besó cuando Adam salió un momento, nada más. No me gustaba, era horroroso y murió hace tiempo en circunstancias muy anodinas.

—¿Y el señor Robson no existió?

—Ah, sí —respondí encogiéndome de hombros—, pero era un viejo chocho, un abogado para el que mecanografiaba alguna cosa de vez en cuando. Eso es todo, y ya que estamos, la señora Rossi no echaba las cartas. En realidad, no creo que la directora de la agencia se apellidara Rossi; era algo así como Smith o Brown.

Lady Lipton parecía indecisa.

—Sospecho que no sabes muy bien qué es verdad y qué no. A partir de ahora no voy a creer ni una palabra de lo que dices.

—Pues bien que hace —dije dando el último sorbo al té con leche y azúcar—. Cuando estás aquí, todo se vuelve tan lioso que ya no sabes qué es verdad.

—Sé lo que quieres decir. Yo apenas puedo recordar cómo era la finca, pero sueño con ella.

—Yo nunca sueño con nada.

—¿Ni siquiera con tus hijos?

—Ni siquiera con mis hijos —le dije mirándola con dureza.

—Bueno, en fin, gracias a Dios ya casi es hora de descansar —dijo—. Toda esta cháchara me ha dejado agotada. Venga a hablar y hablar y hablar. Daría lo que fuera por volver a mi finca, pero… —Levantó las manos con delicadeza, se puso en pie y entró en la habitación.

Unas dos semanas después de que Brendan desapareciera, vino a casa la asistente social.

—¿Cómo te las apañas, querida?

—Bien —dije—. Pero no tengo dinero ni nada que comer, a menos que cuenten como comida unas rebanadas de pan mohoso y unas patatas con brotes.

Me dio tres libras y me explicó que me las descontarían del subsidio que pudiera concederme la seguridad social. Escuché todo lo que me contaba con una sensación de desánimo, y luego le pregunté si tenía alguna posibilidad de recuperar a los niños, puesto que no confiaba en que mi marido los cuidara bien. Cuando me miró dudosa, le expliqué que había estado en la guerra y no era responsable de sí mismo, así que de los niños ya ni hablábamos. Me llevé un dedo a la sien para dejar bien claro cómo estaba, pero se limitó a decir que haría algunas averiguaciones. Entretanto, añadió, lo mejor que podía hacer era estar tranquila y no preocuparme mucho por nada. Me aseguró que los niños estarían bien. Ahora lo más importante era ingresar en la clínica en la fecha estipulada en la tarjeta.

—Ni hablar —dije—. A mí no me pasa nada. Lo único es que he bebido demasiado, pero ahora estoy bien.

—Me alegro, querida, pero aun así creo que deberías ingresar en la clínica si quieres levantar cabeza.

—¡Ya he levantado cabeza! —grité—. ¡Váyase ahora mismo a buscar a mi marido y a mis hijos! ¡Quiero que vuelvan a casa!

—Por ahora, eso no es posible —dijo con firmeza.

La mandé a la mierda. Después de que se fuera con un mohín de disgusto, me puse mi traje de Robin Hood, como lo llamaba Adam, me maquillé un poco y salí en dirección a la tienda. Tuve buen cuidado de comprar solo una botella pequeña para poder pensar en lo que iba a hacer.

Al cabo de una semana, más o menos, que se me hizo larga como un mes, divisé a Adam en la cooperativa empujando un carrito. Mai estaba a su lado metiendo latas dentro. Los dos parecían contentos hasta que me vieron.

—Adam —dije plantándome frente a él y preguntándome por qué precisamente Mai tenía que estar ahí, ayudándolo con la compra.

Me miró impasible sin decir nada.

—¿Sabes qué? Ya no trabajo —le dije a Mai guiñándole un ojo.

En cierto modo, me alegraba de verla. Ella me ayudaría a atemperar un poco el truculento humor de Adam.

—Me alegra ver que tienes tan buen aspecto —dijo él por fin.

—Por favor, perdóname —dije con la voz quebrada.

—Te perdono.

—Entonces, ¿Mai te ha estado cuidando? —pregunté mientras le dirigía una mirada agradecida.

—Podríamos decir que sí —respondió ella con voz sombría.

—Oye, Mai, ¿nos dejas solos un momento? No va a ser fácil…

—Mai se queda donde está.

El ojo se me contrajo de un modo vergonzoso.

—Entonces, los dos estáis… —Estaba tan perpleja que no encontraba la palabra. Pero si ella no era su tipo…

—Sí, estamos —dijo Adam mirando por encima de mi cabeza.

—¿Estáis qué? —Me entraron ganas de patear el suelo y escupirles a los dos.

—Nos casaremos cuando Adam consiga el divorcio —dijo Mai buscando la mirada de él.

—No puedes hacer eso —chillé—. Está como una cabra. Yo soy la única que lo entiende.

—Me temo que tenemos que irnos —dijo Adam muy educado, como si estuviera hablando con un testigo de Jehová.

—Sí, los niños estarán deseando que volvamos —dijo Mai—. No nos gusta dejarlos solos mucho tiempo.

Dieron media vuelta y prácticamente salieron corriendo de la cooperativa. Adam llevaba una bolsa con la compra. Me pregunté si habría alguna botella dentro. Sentí deseos de gritar: «¡A mí nunca me llevaste las bolsas, cabronazo!».

Cuando salí, ya se habían ido. Estaba lloviendo otra vez. Sin pensar, saqué de la bolsa la botella de jerez que acababa de comprar, desenrosqué el tapón y eché un buen trago. Después todo se volvió borroso.

Lady Lipton me contó que, cuando me trajeron aquí, venía en mal estado, gritando y chillando como una loca. No me creo gran cosa de lo que dice. Es de esas personas que siempre exageran. Aun así, la aguanto. Es la única con quien merece la pena hablar en este sitio. No he vuelto a ver a Adam desde que me contó lo de Brendan. Estaría bien que viniera por aquí de vez en cuando y trajera a los niños. Estaría bien que volviéramos a estar los cuatro juntos. Después de todo, soy su madre.

Este libro se terminó
de imprimir en octubre de 2025
en los albores del centenario del nacimiento
de Agnes Owens. La autora comentó sobre esta novela:

«Me pareció una buena idea retratar a una mujer en circunstancias bastante sórdidas que, a su reprochable manera, trataba de ser libre. Dudo que el movimiento feminista aprecie a Betty, porque al final fracasa de forma estrepitosa por ser fundamentalmente débil. Digamos que en la mayoría de mis escritos me he sentido siempre inspirada para escribir sobre el fracaso más que sobre el éxito. Sospecho que muchas mujeres, cuando llegan a cierta etapa de la vida, sienten culpa y fracaso al mirar atrás. Espero que Betty despierte su empatía. [...]

Quizás quieras saber si conocía a alguna mujer como Betty que me inspirara para escribir *Una madre trabajadora.* Sí, a muchas mujeres, incluida yo misma».